청야의 북인도 여행

일러두기
_본문에 삽입된 사진은 모두 글쓴이가 직접 찍은 것입니다.

청야의 북인도 여행기

갠지스의
푸른
안개

글 · 사진 **소재식**

고요아침

　　그냥 떠나고 싶었다. 낙엽처럼 바람 부는 데로 정처 없이 떠나다니고 싶었다. 여행지의 감흥만을 새기며 목적 없는 여행을 하고 싶었다. 세상이란 풍경 같은 것은 아닐까 하며 여행지에서 여행지로 그 풍물(風物)만을 응시하며 떠나다니고 싶었다.

　　세상의 방관자가 된 채, 시시각각 다가오는 풍경만을 바라보며 흐르는 풍경에 나를 맡기고 부유하듯 여행지를 넘나들었다. 여행지의 풍경만을 눈에 달고 다니자 하였으나 흐르는 풍경에 몸을 맡길 수만은 없는 모양이다. 풍경 속으로 역사가 넘나들고, 붉은 노을 속으로 인간의 삶이 비켜가기도 한다. 빠르게 지나가는 풍경 사이로 한 해가 뒷모습을 보이며 빠져나가고, 어김없이 한 해가 도래한다.

　　광활한 대륙 인도, 다양한 역사적 층위를 이루고 있는 나라, 인도는 어디를 가나 서로 다른 얼굴과 서로 다른 모습으로 다가온다. 수많은 것들이 감정의 괴리를 일으키듯 극단적인 양면성을 드리우고 있어서 수시로 불편함이 모락모락 피어오른다.

　　길 위의 풍경이 그러하였고, 어디를 가나 만나게 되는 사람들의 모습이 그러하였다. 두 개의 시간이 상치된 채 맞물려 흐르는 것이 그러하였고, 유적지 안과 유적지 밖의 상반된 모습이 그러하였다. 신과 인간, 인간과 동물, 과거와 현재, 현재와 미래, 자본과 인간, 부자와 빈자, 계층과 계층, 남성과 여성 등이 오래된 인습처럼 그대로 방치된 채 괴이하게 혼재하였다.

길 위의 풍경에서도, 휴게소 앞에서도, 숙소 앞에서도, 유적지 담장 밖에서도 어디를 가나 몇몇 아이들이 맨발을 한 채 덕지덕지한 모습으로 우리를 빤히 바라본다. 그럴 때마다 인도에 대한 언급이 필요 이상 낭만적이고 이상화된 부분이 많다고 느끼게 된다. 그런 말이나 글이 있는 그대로의 현실이나 불편한 진실을 가릴 수도 있으리라. 종교가 맹목적이듯 낭만적 상상 역시 현실과 괴리된 허구에 기댈 수도 있으리라.

어차피 사회적 이상징후가 나타나면 그 사회의 가장 낮은 곳부터 할퀴고 지나는 법이다. 여행에서 돌아오자마자 코로나19가 걷잡을 수 없는 상황으로 치달아 가면서 걱정이 앞선 나라는 인도였다. 인도의 길거리나 골목 어디를 가나 방치되다시피 떠밀려 난 사회적 빈곤층, 그들의 그림자가 계속 뇌리에서 떠나지 않는다. 이미 만연

5

되어 버린 듯 두터운 층을 이루고 있는 극심한 빈곤층에 대한 사회적 무관심과 방치된 모습이 마음 한구석에 우울하게 드리워진다. 화려하게 치장된 생활 이면에 드리워진 사회적 약자들의 가난과 질병이 국가로부터도, 가진 자들로부터도, 사회적 차별과 혐오를 받으며 방치되고 있다는 생각을 지울 수가 없다. 코로나19 팬데믹 상황에 내몰려 삶과 목숨에 심대한 손상을 입을 그들의 모습이 혼란스런 인도형 부조리극의 주인공 같기도 하여 내내 불안하면서도 불길한 마음을 떨쳐버릴 수가 없었다.

그곳에 오래 살아보지 않고 잠시 여행으로 무얼 말할 수 있을까. 세상이 딜레마와 미궁에 깊이 빠져 허우적거리고 있는데, 여행 운운하며 변죽이나 올린다는 게 선뜻 내키지 않는다. 어차피 나그네에 불과한 삶, 희망 섞인 꿈이라도 꾸어 봐야 하지 않겠는가. 여행 당시 담아왔던 메모와 사진을 꺼내 보며 지난 여행을 하나씩 반추해 본다. 내 안에 살아있는 장면들을 떠올리며 관련 자료들을 찾아보고 일기와 메모에 살을 붙여 본다. 어떤 사고와 감성으로 여행기를 담아내야 할지 곰곰이 돌아보며 서성거렸다. 해당 여행지마다 무엇을 써야 할지 무엇을 말해야 할지 끊임없이 번민하였다.

스스로 궁금해하고 알고 싶었던 것은 무엇이고, 무엇을 알아야 하는지를 반추하면서 좋은 자료를 찾아 비교하고 더하기를 거듭해 본다. 여행 당시 메모와 사진이 곁들여진 경우는 기억을 더듬고 이를 정리해 나가는 데 많은 도움이 된다. 쓰면서 읽고, 읽으면서 쓰는 재미가 괜찮다. 돌아보고 들여다볼수록 일상의 삶과 지난 여행이 더 없이 소중하고 귀하게 여겨진다.

여행의 기억을 가다듬고 몰두하며 여행에 대한 기록을 한 땀씩 지어나가니 희망처럼 새로워진다. 여행 그 자체로 머무르기보다는 여행의 감과 결을 살려낸 기록을 담고 싶다. 하나씩 돌아보고 정리해 나가니 절로 충만해지고 또 다른 설렘이 된다. 이런 기록이 나를 향한 작은 변화가 되고, 삶에 대한 희망의 변주곡이 되길 바라는 마음이다.

여행지를 떠나게 되면 그리움과 아쉬움으로 거듭 뒤돌아보게 된다. 여기에 기록된 여행기는 수많은 설렘과 아쉬움, 그리움과 안타까움이 무수히 점철된 자국들이다. 글마다 어떤 형태의 숨결을 불어넣을까 어떤 메시지를 담아야 할까 거듭 고민하였다. 괜찮은 감정

하나와 의지 하나를 더 할 수 있고, 작은 영감 하나가 바람결처럼 스쳐 갈 수 있다면 좋으리라. 글쓰기가 스스로에 대한 또 하나의 작은 실천이 되어야 하리라.

글을 쓰다 보면 때로 몸과 마음이 잘 풀려 좀 더 애착이 가는 글이 있다. 애착이 가는 만큼 잘난 자식 앞세우듯 앞에 배치하고 싶지만 여행기라는 자연스러운 흐름을 위하여 여정의 순서에 따라 글을 순차적으로 배치하였다.

어디를 가나 그곳만의 밝은 빛이 있고, 그곳 사람들의 삶에 드리워지는 어두운 그늘이 공존한다. 세상의 모든 글이 허투루 써질 수 없는 이유이기도 하다. 글쓴이의 의도와 그에 따른 메시지가 내포되어야 하겠지만, 때로는 시선이 무겁고 글이 길어져 읽기에 불편할 수도 있으리라. 모든 글이 희망을 향한 몸짓이며, 기억의 연장 내지 확장이 될 수 있다는 소망을 가져본다. 언제쯤 책 속에 등장하는 장소를 설레는 마음으로 다시 돌아볼 수 있을까. 세상의 모든 여행이 또 다른 희망을 위한 새로운 변주곡으로 거듭났으면 좋겠다.

북인도 여행 내내 웅숭깊은 우정으로 함께 한 룸메이트이자 나의 절친이며, 지극한 역사학도인 곽종훈 친구에게도 깊은 우정과 고마움을 표한다. 여행산문집 출판을 위해 애써주신 김남규 편집장님께도 감사의 마음을 전하고 싶다. 누군가 여행지에 머무르고 있다면 이는 커다란 행운이리다.

2022년 12월

청야靑夜 소재식

/ 목차 /

1장

/

서풍이 불던 날

"서쪽 하늘가에 세상을 온통 붉게 물들이는 마법 같은 시간이 진행되고 있다. 문득 아득한 세월인지 또 다른 세상인지 모를 광경이 몸을 뒤척이며 펼쳐진다. 하늘과 맞닿은 저 너머로 황량한 모래바람인지 설원의 눈보라인지 모를 광경이 전개되기도 하였다. 오늘도 태양은 서풍이 불어오는 옛길을 향하여 어김없이 나아가고 있으리라."

— 본문 중에서

1장 **서풍이 불던 날**

하나.
깃발처럼 나부끼는 마음

　늦은 오후 능선 길을 오르는데, 서쪽 하늘이 온통 붉은 노을 속으로 잠기어 간다. 바람이 계곡을 타고 능선을 향하여 불어온다. 서편 하늘을 바라보다가 바람이 불어오는 곳을 바라보며 심호흡을 하였다. 능선을 넘어오는 바람이 내 혈류 속으로 침투해 들어온다. 불현듯 내 안에서 세월이 풍화되어 부서져 내리고, 알 수 없는 향기가 저녁연기가 되어 모락모락 피어오른다. 그렇게 서풍(西風)이 아득한 설렘으로 전해진다.

　내 마음은 어디로 향하고 있는가! 잠시 머무를 곳이 그 어디인가! 그곳이 세상의 중심에 속하든 세상 저 너머에 존재하든 상관없다.

여행하다 잠시 머물던 곳이거나 바람결을 타고 전해진 장소라도 상관없다. 세상이란 불확실하고, 불투명하며, 모호하고도 혼란스럽다. 시시때때로 변하는 카멜레온 같기도 하고, 검은 이끼로 뒤덮인 무심한 바위 같기도 하다. 알 수 없는 밤 같기도 하고, 원시의 아침처럼 다가오기도 한다. 어차피 삶이란 세상의 경계 위를 걷는 일이요, 그 경계를 넘나들다 보면 서풍이 불어오듯 감흥이 일기 마련이다. 그리고 먼 길을 돌아온 나그네처럼 기약 없는 마음이 되기도 한다.

능선을 따라 오를수록 마음이 깃발처럼 나부낀다. 어느 순간 깃대 위의 깃발처럼 바람 부는 곳을 향하여 몸이 절로 반응한다. 그렇게 내 안에서 서풍이 불던 날이었다.

"소군! 같이 북인도 여행이나……"

막연한 친구의 말이 귓전에 다 와 닿기도 전에 몸이 먼저 알고 반응한다.

서쪽 하늘가에 세상을 온통 붉게 물들이는 마법 같은 시간이 진행되고 있다. 문득 또 다른 세상인지 아득한 세월인지 모를 광경이 몸을 뒤척이며 펼쳐진다. 하늘과 맞닿은 저 너머로 사막의 모래바람인지 설원의 눈보라인지 모를 광경이 전개되기도 하였다. 오늘도 태양은 서풍이 불어오는 옛길을 향하여 어김없이 나아가고 있으리라.

둘.
하늘과 맞닿은 길

　서역을 향해 사막을 지날 때 머리 위로 새 한 마리, 땅에 짐승 한 마리도 얼씬하지 않았다. 사방으로 아득히 펼쳐진 사막에서 도대체 어디쯤에 사람 사는 곳이 있는지 예측할 수 없었다. 그저 태양을 방위 삼고 해골을 이정표로 삼을 뿐이었다. 사막의 열풍과 악귀들이 수차례 출현하면서 우리의 앞에는 죽음만이 기다리고 있었다.

　5세기 넓고 험한 타클라마칸 사막에서 35일을 헤맨 중국 동진의 승려 법현은 인도로 가는 고난의 행적을 이렇듯 생생하게 그린다. 본격적인 구법승이라 할 수 있는 법현이 먼 여행을 시작할 당시 65세 고령이었다. 타클라마칸은 위구르어로 '죽음의 땅', 즉 '한 번 들어가면 살아나올 수 없는 곳'이라는 뜻이다. 그는 67세 되던 겨울 엄동설한에 백발이 성성한 몸으로 불경과 불법을 구하러 파미르 고원을 넘는다. 그곳은 지상에서 가장 높은 산들이 한데 어우러진 산맥이자 협곡들로 이루어져 있다.

　노승 법현은 하늘이 감춘 길을 찾아 구법 여행을 감행한다. 깎아지른 암벽과 혹한의 눈보라, 간절한 구법승의 눈엔 얼음 알갱이들이 잔뜩 맺혔으리라. 티베트의 푸른 양처럼 강인한 생명력으로 가파른 절벽을 오르내렸을 것이다. 파란 하늘을 올려다보며 자신만의 절정을 향해 나아가는 눈부신 여정이 눈에 선하게 그려진다. 극한의 고통스러운 여정마저도 생에 대한 충만감으로 가득했을 것이다. 하얀 만년설을 잔뜩 머리에 이고 있는 하늘과 맞닿은 길, 서역을 향한 노스님의 감동적인 구법 여행이다. 이렇듯 신과 인간이 하나가 되어 가파른 절벽을 오르내리며 생의 경계를 넘어선 구법의 길을 열어나간다. 아득한 시간 너머로 알타이 암각화를 올려다보듯 오랜 세월을 돌아 그 울림이 전해진다.

법현의 바닷길을 통한 귀국길 역시 그에 못지않은 험난한 여정이었음을 『불국기』에 상세하게 묘사하고 있다. 법현(法顯, 334?~420?)은 흔히 『불국기』로 알려진 『고승법현전』(1권)의 저자다.

장기(障氣, 독기)는 천 겹이고 층층이 쌓인 빙설은 만 리다. 아래로는 큰 강이 쏜살같이 흘렀다. 동쪽과 서쪽 두 산허리에 굵은 줄을 매어 다리를 삼아 열 사람이 일단 건너가 저쪽 기슭에 도착하면 연기를 피워 표지로 삼았다. 뒷사람은 이 연기를 보고 앞사람이 이미 도착했음을 알아 비로소 다시 나아갈 수 있었다. 만일 오랫동안 연기를 보지 못하면 사나운 바람이 그 줄을 흔들어 사람이 강물 속으로 떨어졌음을 알았다. 설산을 넘은 지 3일이 지나 다시 대설산(大雪山)에 올랐다. 깎아지른 듯한 절벽에는 어디에도 발 디딜 곳이 없었다.

법현(法顯)을 경배한 나머지 420년 동료 승려 25명과 함께 서역행을 선택한 북위 승려 담무갈(曇無竭)은 천신만고 끝에 대설산을 넘어 천축국에 도착한다. 하지만 돌아온 사람은 12명에 불과하였다.

법현보다 2세기 뒤 인도에 간 당나라 현장(玄奘, 602?~664)도 귀국하는 길에 사정없이 불어오는 뜨거운 모래바람을 맞으며 고생한다. 바람이 발자국을 지워버리는 사막, 그 한가운데서 방향 감각을 상실하고 헤맨다.

아무것도 볼 수 없는 사막.

'어디선가 들려오는 노래와 울음소리에 정신을 잃었다.'

그 소리를 악귀나 망령의 짓이라고 생각한다. 당시 30대의 현장은 그 옛날 연로한 법현이 걸어갔을 때를 생각하면 모든 두려움이 사라진다고 하였다.

현장은 629년에 중국을 출발해서 645년까지 총 16년간 110개국을 유력(遊歷, 여러 고장을 두루 돌아다님)한다. 그리고 귀국하면서 657종, 520상자의 경전을 가지고 온다. 귀국 후, 당 태종의 요청으로 646년에 작성된 것이 『대당서역기(大唐西域記)』(12권)이다. 중국에서 가장 위대한 구법승은 단연 현장이라고 할 수 있다.

파미르 고원을 넘어 현장보다 조금 늦은 8세기 인도로 간 신라의 구법승 혜초(慧超, 704~787)는 이렇게 어려움을 읊는다.

길은 거칠고 눈은 산마루에 수북이 쌓였는데,

험한 골짜기에는 도적이 들끓는다.

새는 날다 깎아지른 산 위에서 놀라고

사람은 좁은 다리를 건너며 어려워한다.
평생 눈물 흘린 일이 없었는데
오늘은 천 줄이나 뿌리도다

계림(신라)의 학승 혜초(慧超)는 한국불교에서 천축국(인도)까지 구법 여정에 오른 승려 중 유일하게 기행문을 남긴 인물이다.

1906년부터 1909년까지 중국 감숙성 돈황석굴을 탐사한 프랑스 학자 폴 펠리오가 있다. 그는 앞면과 뒷면이 떨어진 고서 2권을 발견한다. '세계 4대 여행기'로 평가되는 혜초의 『왕오천축국전』전 3권 중 두 권이다. 혜초하면 『왕오천축국전』을 떠올리지만, 혜초는 당나라 중기 밀교의 최고 고승 중 한 명이다.

5세기 이후 동쪽에서 불경과 진리를 찾아서 서역을 향한 발걸음이 이어진다. 사람의 뼈를 보며 이를 표지판으로 삼아 앞으로 나아갔다. 인도로 간 동아시아 승려들은 건조한 고비 사막을 넘은 뒤 무서운 폭풍과 해골이 즐비한 망망대해 같은 타클라마칸 사막을 피하려고 해발 7천 미터인 톈산의 남로와 북로 중 한쪽을 선택하여 전진하기도 한다. 곤륜산, 히말라야, 천산 등 세상에서 가장 높고 거대한 산들이 즐비한 고봉 속으로 걸어 들어가기도 하였다.

인간으로서 극한에 다가서는 맨몸의 서사(敍事)가 이런 것이 아닐까! 그들은 불굴의 신념으로 가슴 벅찬 구법 여행을 감행하였고, 시인의 눈처럼 드높은 이상을 향한 천진한 발걸음으로 끝내 불가능의 경계를 넘어 깊은 구도의 길로 나아갈 수 있었으리라.

이렇듯 동아시아 승려들은 불경을 얻기 위해 멀고 아득한 서쪽을 향해 불가사의한 구법 여정을 감행했고, 구마라십(鳩摩羅什)이나 불도징(佛圖澄) 같은 서역 승려들 역시 끊임없이 동쪽으로 향하였다. 그들 모두의 각고의 노력과 불굴의 정신이 더해지면서 불교의 유입이 가속화될 수 있었다. 그들의 고군분투(孤軍奮鬪)는 역사적 자료가 드문 인도의 고대사뿐만 아니라 동아시아 문명 더 나아가 인류 문화사에도 장엄하면서도 묵직한 기여를 한다.

사마천은 『사기』 권123 「대완열전(大宛列傳)」에서 "서역착공(西域鑿空)", 즉 '서역으로의 길을 뚫었다'라고 한다. 이는 "장건착공(張騫鑿空)", 즉 '장건이 하늘을 뚫었다'라는 말을 일컫는다. 장건(미상-기원전 114)은 한나라 제7대 황제인 무제(재위, 기원전 141-기원전 87) 때 쿠샨 왕조(월지국)와 동맹을 맺기 위해 파견된다. 하지만 장건은 이 임무를 완수하지 못하고 흉노족에게 붙잡히는 등 13년간 유랑하다가 기원전 126년에야 한나라의 수도 장안으로 돌아오게 되었다.

유랑 과정에서 장건이 파악한 중앙아시아와 관련된 많은 정보와 교역로들이 한 무제의 팽창정책과 맞물리면서 실크로드 개척이라는 일대 사건을 만들어 낸다. 장건의 서역행은 이후 사람들에게 서역에 발을 내딛고 나아가는 디딤돌이 된다.

이처럼 장건, 반초 등 앞선 세대 사람들이 서역으로 가는 험난한 길을 개척한 공적 역시 잊어서는 안 되리라. 죽음을 무릅쓴 그들의 장거(壯擧)는 여행자들의 가슴을 뜨겁게 달구기도 하고, 부단한 관심을 불러일으키며 수많은 영감과 무한한 상상력, 또 다른 가능성의 길을 열어주기도 한다.

셋.
하늘길을 따라서

새벽 6시 알람이 울린다. 거실로 나와 베란다 문을 여니, 겨울 찬 공기가 엄습한다. 어둠으로 뒤덮인 검은 산을 바라보았다. 누룽지가 냄비에서 설설 끓는 사이 세면을 하였다. 잘 끓인 누룽지로 새벽 식사를 한 다음, 구수하고 따끈한 누룽지 물을 큰 컵으로 마신 후 여행 짐을 점검하였다. 꽁꽁 얼어붙은 한겨울, 산 아래 동네인지라 노면 상태가 거칠어 여행 가방을 끌고 내려가기가 애매하다. 마침 출근을 준비하려고 일어났던 아내가 사당역 인근 인천공항으로 가는 버스 정류장 앞까지 바래다준다. 심한 추위에 그저 앉아 있기가 힘들었는지, 한 젊은이는 쉬지 않고 계속 통화를 해댄다. 젊은이와 다소 떨어진 거리에서 가볍게 스트레칭을 하면서 인천으로 향하는 공항버스를 기다렸다.

정시에 도착한 공항버스가 쉬지 않고 질주를 하니, 1시간이 되지 않아 인천공항 제2청사에 도착한다. 이른 아침 공항에는 사람들로 온통 북새통을 이루고 있다. 한 시간 반 정도 시간 여유가 있어 여행에 동행할 친구에게 전화를 하였다. 이미 공항에 나와 있는 친구를 만나 각각 비행기 표를 출력하였다. 공항청사 안을 걷다가 공간이 여유 있는 찻집이 보여 편안히 앉아 담소를 나누었다.

　　오후 1시 무렵 비행기가 땅을 긁듯 굉음을 내며 달리다 이내 하늘로 솟구쳐 오른다. 비행기가 제대로 중심을 잡고 파란 하늘을 안정적으로 비행하기 시작하자 환한 구름 세상이 펼쳐지고 찬란한 햇살에 눈이 부시다. 하얀 구름이 눈발처럼 비행기 옆을 지나치기도 하고, 저만큼 아래로 다양한 형태의 구름이 떠다니기도 한다. 구름 아래로 보이는 파란 바다가 육지의 풍경과 함께 밝고 아름다운 수채화가 되어 펼쳐진다. 잠시 인도 관련 책을 보려다 집중되지 않아 의자에 몸을 맡긴 채 눈을 감았다. 수면이 많이 부족한 탓이리라.

　　비몽사몽 간에 한참을 비행하다가 어느 순간 눈을 떴다. 비행기가 인천공항을 떠나 이미 세 시간 이상 날고 있다. 비행 정보를 검색해보니, 지금까지 비행 과정을 한 눈으로 살펴볼 수 있다. 인천공항에서 이륙한 비행기가 서해바다를 타고 제주 아래로 남하한 후, 우측 중국 방향으로 꺾어 상해를 지나 난징, 우한을 지나 중국 한가운데를 가로질러 날고 있다. 현재 1,457km 진행, 델리까지 남은 거리가 3,499km다.

북인도 여행이 끝나고 닷새 뒤에 중국 우한(武漢)을 거점으로 여행계획이 잡혀있어 그런지 내륙 한가운데 위치한 지명 우한이 눈에 들어온다. 비행기는 고도 36,000피트(10,972m) 상공을 시속 624km 속력으로 서쪽을 향해서 날고 있다. 아시아의 서남쪽 끝단에 위치한 인도가 손에 잡힐 듯 느껴진다. 지리적으로 아득한 거리임에도 비행 전 과정을 한 눈으로 손쉽게 살펴볼 수 있다. 추격하듯 서쪽을 향해 부단히 날아가는 비행기가 과연 태양을 얼마나 따라잡을 수 있을까.

중국 신화에 '과보의 추일(追日)'이란 이야기가 있다. 과보라는 사나이가 태양의 뒤를 쫓아가지만 끝내 꿈을 이루지 못하고 죽어 도림(桃林)으로 변하고 만다. 그리스 신화에 등장하는 이카로스는 부친이 만들어준 밀랍 날개를 달고 태양 가까이까지 날아가다가 결국 밀랍이 녹아 바다에 빠져 죽는다.

인간이란 호기심으로 충만한 존재이면서도 미친 짓에 가까운 무모한 도전을 시도한다. 시간과 공간을 떠난 과장과 상상의 자유를 만끽하는 존재이면서, 그 한계를 초월하고 자유를 구가하고 싶은 것 역시 인간의 신념이자 간절한 소망일 것이다. 그것이 태양을 쫓는 것처럼 무모하고 실현 불가능한 일일지라도 태양을 향해 부단히 나아가기도 한다. 그런 인간이기에 더 높고 광대무변한 우주 공간을 향해서 나아갈 수가 있었다.

망망한 우주 공간에서 아름다운 녹색의 지구를 바라보게 된다면 어떤 마음이 될까. 지구는 손톱보다 더 작은 알갱이가 되어 우리 시야에 들어오리라. 하지만 어쩌랴 인간의 아름다운 상상력마저도 인

간의 탐욕의 형태로 치환된다면 아름다운 지구 역시 너무 좁은 공간
이 되고 끔찍한 위기와 두려운 일이 수반될 수밖에 없는 것을.

　　하늘 저편이 온통 검붉은 빛으로 잠겨 있다. 해가 지고 난 다음
뒤에 남겨놓은 고운 빛이다. 어둑해진 하늘에 번진 노을빛의 잔상을
홀린 듯 바라보고 있었다. 창가에 앉은 인도 사내가 내 어깨를 툭툭
치며, 손가락으로 하늘을 가리키며 웃는다. 눈동자를 유리창 가까이
대고 하늘을 올려다보았다. '아!'하는 탄성이 절로 나온다. 실낱같은
은실을 두른 초승달이 풋풋한 설렘을 가져다준다. 이마 위에 초승달
을 달고 있는 시바 신이 먼저 알고 하늘길까지 마중을 나왔는가. 갓
허물을 벗은 듯 맑고 고운 초승달이 순결한 계시처럼 다가온다.

　　어두워져 가는 하늘 위로 날아올라 난생처음 바라보는 초승달이
다. 누군가는 초승달을 두고 인간 세상이 어떻게 돌아가나 궁금해하
는 하느님이 살짝 내놓은 귀라고 했다지만, 미당 시인은 '즈믄 밤의
꿈으로 맑게 씻어서 하늘에다 옮기어 심어' 놓은 '우리 님의 고운 눈
썹'이라고 하였다. 필시 하늘 위로 날아오른 내가 '동지 섣달 날으는

매서운 새'가 되어 초승달을 비끼어 가고 있음이 분명하다.

　　이런 내 마음을 눈치라도 챈 듯이 옆자리에 앉은 인도 사내가 나를 바라보며 빙그레 웃는다. 나도 고개를 끄덕이며 수인사하듯 마주 보며 웃었다. 가무잡잡한 피부에 건장한 체구를 한 인상 좋은 친구로 이름을 물어보니 셀마라고 한다.

　　"승객 여러분! 40분 있으면 인디라 간디 공항에 도착합니다. 공항은 안개가 자욱하고, 기온은 섭씨 11도입니다."
　　"이곳은 저녁 5시 27분(한국 시간으로 저녁 9시 57분)입니다."

　　마침내 비행기가 어둠이 내린 델리 공항에 도착하였다. 옆자리에 앉았던 훈훈한 인상의 셀마와 함께 걸어 나오며 간단한 눈인사와 다정한 미소를 주고받았다. 방향이 다른 셀마와 헤어짐의 아쉬움이 설핏 감지되기도 한다. 나는 여행 가방을 끌고 외국인 입국 심사대로 향했다. 사람은 오십여 명이 채 되지 않는데, 꽤 길고 지루한 입국 심사를 받았다.

넷.
델리의 우울한 그림자

잠시 억류되었다 풀려나듯 인디라 간디 뉴델리 공항 밖으로 나오니, 델리는 온통 희부연 잿빛 도시다. 밤안개라고 보기에는 공기 안에 매캐한 냄새가 너무 짙게 배어 있다. 뿌연 안개와 잿빛 매연으로 온통 뒤범벅된 공기는 눈을 뜨기에도 제대로 호흡하기에도 불편하다. 실제 불편함이 감지될 만큼 심각한 스모그 현상은 인간의 삶에 치유하기 힘든 치명적인 영향을 줄 수밖에 없으리라.

잿빛 도시 델리의 밤은 지상의 모든 혼돈을 다 품은 듯 음산한 모습이다. 목을 조이듯 질식하게 하는 희부연 스모그가 미로처럼 낯선 길로 우리를 안내하는 듯하다. 이런 현상은 스산한 밤공기와 더불어 어두운 기억을 소환하듯 두려운 마음마저 들게 한다. 델리는 그런 깊은 우울과 근심, 불안의 그림자가 잔뜩 드리워져 있었다.

짙은 스모그에 점령당한 어두운 델리의 밤거리를 달려 작고 어둑한 식당 안으로 들어갔다. 늦은 저녁 시간이라서 그런지 식당 안에는 우리 일행밖에 없다. 찻잔을 손에 감싼 채 따뜻한 차 몇 모금을 마셨다. 차의 온기가 안으로 전해지니, 마음이 편안하게 누그러진다. 조촐하게 마련된 채소 위주의 식단이 마련되어 있다. 카레나 산초 향을 거북해하는 친구인데, 음식이 입맛에 맞는지 식사를 잘한다. 밝은 표정으로 식사하는 친구를 보니, 나도 기분이 한결 좋아지고 몸마저 가뿐해지는 듯하다.

저녁 식사를 마치고 어둠이 내린 거리를 응시하며 숙소로 향한다. 거리는 폐허처럼 심란하고, 반듯한 집 한 채 보이지 않는 골목은 오물과 쓰레기로 뒤범벅이다. 골목 여기저기에서 검고 찐득한 것들이 덕지덕지 묻어나는 듯하다. 잿빛 스모그에 둘러싸인 델리의 밤공기, 파장 뒤의 저잣거리보다 더 어수선한 밤거리와 심란한 골목길, 알 수 없는 베일에 가려진 듯 델리의 밤거리가 짙은 우울을 품고 있다.

여행 첫날은 하릴없이 몸이 고단해지고 이런저런 생각에 잠기며 망연해지기도 한다. 친구가 목욕하는 사이 멍한 상태로 침대에 누워 한동안 천장을 응시하였다. 그래도 욕조에 따끈한 물을 받아 몸을 푹 담그고 나니, 경직된 몸이 풀리고 혼란스러운 마음이 다소 누그러진다. 고단했던 하루가 말끔히 씻겨나가니, 마음이 정리되듯 편안하게 누그러진다.

평소 일찍 잠자리에 드는 친구는 이미 곤한 잠에 빠졌다. 잠시 로비라도 다녀올까 여행 관련 자료라도 볼까 망설이다가 깊이 잠든 친구와 새벽 기상을 생각하면서 불을 끄고 침대에 누웠다.

나마스테! 델리여!

붉은 성벽의 도시 자이푸르

"도시의 건축물을 비롯해 시내 전체가 온통 붉은 빛이다. 자이푸르가 붉은색과 깊은 사랑에 빠진 게 분명하다. 붉은색으로 잔뜩 치장을 하고 맞이하는 도시 자이푸르는 형형색색의 어떤 놀라운 이야기를 품고 있을까. 새삼 색이 인간의 삶과 얼마나 밀접하게 맞닿아 있는지 여실히 느껴진다."

— 본문 중에서

2장 붉은 성벽의 도시 자이푸르

하나.
델리의 새벽

새벽 4시. 계속된 모닝콜 소리를 들으며 침대에서 몸을 뒤척였다. 일찍 깊은 잠에 들었던 친구는 창가에 서서 스트레칭을 하고 있다. 평소 집에서도 일찍 자고 새벽 5시가 되지 않아 눈을 뜬다는 친구다. 한국보다 세 시간 반 정도 느린 인도의 시간이어서 그런지 나도 그다지 힘들이지 않고 일어날 수 있었다. 세면 후 짐을 정리한 다음, 친구와 함께 1층 식당으로 내려갔다.

이른 새벽 식사여서 그런지 아침 식사가 제대로 준비되어 있지 않다. 메뉴로는 커피, 콩, 따끈한 우유, 찐 달걀, 토스트, 바나나가 전부다. 바나나 한 개, 따뜻한 달걀 두 개, 구운 식빵 한 쪽에 딸기잼과 버터를 바르고, 그 위에 구운 식빵 한 장을 겹쳐 따뜻한 우유와 같이 먹었다. 짐을 챙겨 밖으로 나오니, 한국의 겨울과 별반 차이를 느끼지 못할 만큼 공기가 싸늘하다.

델리의 새벽 역시 지난 밤 못지않게 짙은 안개와 스모그에 휩싸여 있다. 매캐한 새벽 공기가 진하게 스며든다. 차창 밖으로 어수선한 거리와 심란한 골목 풍경이 스쳐 지나간다.

신새벽인데도 공항은 몰려오는 온갖 종류의 차량과 인파들로 북새통을 이룬다. 인종의 전시장을 방불케 하는 각양각색의 사람들이 뒤섞여 혼란스러움의 극치를 보여준다. 카오스를 방불케 하는 공항의 모습은 환멸과 좌절, 숨막히는 현실에서 벗어나기 위해 발버둥치는 사람들처럼 보인다.

둘.
자이푸르를 향하여

비행기가 스모그 짙은 공항을 이륙하여 비행고도로 진입하자 거짓말처럼 맑고 파란 하늘이 펼쳐진다. 신천지가 도래하듯 청정한 하늘이 열리고, 찬란한 햇살에 눈을 뜨기가 힘들다. 비행기 아래로 보이는 구름이 광대한 설원처럼 보이는데, 반대편 창으로는 붉고 메마른 땅만 보인다. 어차피 사막 가장자리에 위치한 자이푸르까지는 내륙 한가운데를 비행할 수밖에 없다.

얼마 지나지 않아 하얀 구름이 몰려오더니, 비행기를 완전히 에워싼다. 의자에 몸을 기대고 엄습하는 구름을 바라보다가 설핏 잠이 들었다. 갑자기 세상이 푹 꺼질 듯 내려앉아 눈을 떴다. 비행기가 짙은 구름과 안개 속으로 곤두박질치듯 하강하더니, 이내 비행장 활주로가 나타난다. 조종사의 거칠 것 없는 조종술이 정신을 번쩍 들게 한다. 50여 분을 날아 오전 9시 20분 무렵, 비행기가 공항 활주로 위에 무사히 안착하였다.

자이푸르 공항 상공에서 눈부신 햇살이 무한정 쏟아져 내린다. 파란 하늘과 눈부신 햇살이 세상을 환하게 만들어 준다.

셋.
자이푸르의 아침

자이푸르 시내는 가로수뿐만 아니라 도시 곳곳이 무성한 나무들로 가득하다. 질서정연한 길을 따라 담장 사이로 보이는 꽃들이 찬란한 햇살과 함께 화사한 모습으로 맞이한다. 도시의 건축물을 비롯해 시내 전체가 온통 붉은 빛이다. 자이푸르가 붉은색과 깊은 사랑에 빠진 게 분명하다. 붉은 빛깔을 잔뜩 품고 있는 도시 자이푸르는 어떤 놀라운 이야기를 품고 있을까. 새삼 색이 인간의 삶과 얼마나 밀접하게 맞닿아 있는지 여실히 느껴진다.

넓은 도로와 골목 사이로 윤기나는 가로수와 잎이 무성한 나무들, 담장 사이로 전개되는 꽃들의 행렬이 어둡고 심란했던 마음을 활짝 펴준다. 도로 위를 걸어가는 사람들의 모습이나 맵시 역시 밝고 여유롭다. 지난 밤 델리에서 보았는 모습과는 사뭇 대조적이다. 선잠에 악몽 꾸듯 보았던 잿빛 가득한 델리의 후미진 골목, 심란한 거리의 풍경과 확연히 대비되어서 그랬으리라.

차창 밖으로 하얀 대리석 사원 하나가 눈에 들어온다. 밝은 햇살을 받은 산 위의 붉은 성곽과 산 아래 흰 대리석 사원이 인상적이다. 하얀 대리석 사원에서 눈을 떼지 못하며 가이드에게 물어보니, 힌두 사원인 '비를라 만디르(Birla Mandir)'라고 한다. 온갖 종류의 차량과 오토바이, 릭샤 등이 앞다투어 어우러지는 분주한 하루가 시작되었다. 요란한 경적 소리와 함께 거리의 사람들도 바삐 이동하고 있다.

넷.
라지푸트족 전사들의 도시

자이푸르(Jaipur City)는 델리에서 남서쪽으로 약 270km 떨어진 라자스탄주의 주도이며, 사막 가장자리에 있어 사막 문화가 주는 강렬한 색채와 라자스탄만의 독특한 문화를 느낄 수 있는 곳이기도 하다.

자이푸르는 1727년 라지푸트족 통치자인 자이 싱 2세(Jai Singh)

가 베다의 원칙에 따라 디자인하여 건설된 인도 최초의 계획도시다. 이름도 왕의 이름을 따서 자이푸르라고 붙였으며, 도시 어디를 가나 자이 싱 2세의 흔적을 만나게 된다. '푸르'는 '성벽으로 둘러싸인 도시'라는 뜻으로 도시 전체를 7개의 문을 지닌 성벽이 병풍처럼 둘러싸고 있다.

라자스탄은 수많은 왕과 왕국, 용감한 전사 라지푸트들의 고향이다. 왕(라자)들의 땅(스탄)답게 난공불락의 성으로 둘러싸인 자이푸르는 라지푸트족 전사들의 무용담과 그에 얽힌 전설, 아름다운 여성과 용감한 기사에 관한 이야기가 서려 있는 고장이다. 라지푸트(Rajiput)족은 본래 아리아족으로 5세기 중엽부터 중앙아시아에서 서북부 인도로 침입하여 라자스탄 지방을 중심으로 정주하면서 각지에 여러 왕조를 세운다.

라지푸트족은 8세기부터 12세기까지 북인도 지역을 지배하며 전성기를 누렸으며, 힌두족인 라지푸트의 여러 왕조는 이슬람교도의 침입 후 수세기에 걸쳐 항쟁을 거듭한다. 이렇듯 라자스탄은 이슬람 세력에 항거하면서 힌두계 소왕국들이 서로 경쟁하며 할거하던 땅이다. 그 과정에서 라지푸트족은 무사계급 즉 크샤트리아 후예인 것을 자랑스럽게 여기며, 왕권과 그 지배의 정당성을 꾀한 배경이 자리잡고 있다.

그러다 무굴왕조가 번성함에 따라 소왕국들은 세력을 키우지 못하고 무굴왕조에 복속 당하게 된다. 하지만 자이 싱 2세는 명분보다는 실리를 추구하는 현실주의자로서 냉혹한 정복왕 아우랑제브로부

터 제국의 보호를 이끌어낸다. 그런 안정된 기반에서 왕국의 발전을
도모할 수 있었다. 이처럼 자이푸르는 라지푸트족을 중심으로 힌두
교도들에 의해 만든 도시로 무굴 양식과 라지푸트의 양식이 혼합된
흔적을 곳곳에서 엿볼 수 있다.

자이푸르 시내는 '핑크 시티(Pink City)'로 불리는 도시답게 어디
를 보아도 붉은 빛으로 가득하다. 영국의 식민지 시절, 빅토리아 여

왕의 장남인 웨일스 왕자(훗날 에드워드 7세)의 방문을 준비하는 과정에서 벽과 건물들을 분홍색으로 칠하면서 '핑크 시티'라는 별칭을 얻게 된다.

핑크색이 라지푸트족에게 '환대'를 의미하는 것에 착안한 것으로, 도시 곳곳을 장식하는 분홍색은 이제 자이푸르를 상징하는 색이 되었다. 그중에서도 바람의 궁전 '하와마할'은 핑크 시티라는 시각적 언어와도 잘 맞아떨어지는 자이푸르를 대표하는 상징적인 건축물이다.

다섯.
천 개의 창문과 하렘의 여인들

자이푸르의 대표적인 관광명소인 구시가지에 있는 바람의 궁전 '하와마할'에 당도하였다. 하와마할 앞 시장 거리는 도로를 가득 메운 인파와 온갖 종류의 운송수단들이 서로 뒤엉켜 극심한 혼잡을 이룬다. 어디에도 발 디딜 틈조차 없을 만큼 수많은 사람들로 인산인해를 이루는데, 설상가상으로 경쟁하듯 경적을 울려대는 자동차 소리가 얼마나 시끄러운지 사람의 혼을 쏙 빼놓는다.

혼잡한 거리를 따라 이어진 가게에는 화려한 빛깔의 실크 사리 등 각양각색의 상품들이 진열되어 있다. 인도(人道) 위에 펼쳐놓은 좌판대 위에는 수많은 장신구와 수공예품들로 넘쳐난다. 복잡한 장터거리는 온갖 종류의 색을 뿜어내는 진열품들로 인해 눈부신 색의 전시장을 방불케 한다.

　각양각색의 화려한 색조로 된 사리(sari)를 몸에 두르고 온갖 장
신구로 치장한 아름다운 여인들이 돌아다니는 장터거리에는 세상
의 모든 색이 총출동한 듯하다. 혼잡한 트리폴리아 시장 거리를 걷
고 있으니, '아라비안나이트' 속의 등장인물이 되어 만화경 속 복잡
한 시장 거리를 배회하고 있는 듯하다.

　복잡한 시장이 내려다보이는 곳에 위치한 '하와마할(Hawa
Majal)'은 일명 '바람의 궁전'으로 불리는데, '하와(Hawa)'는 '바람', '마
할(Majal)'은 '궁전'을 뜻한다. 자이싱 2세의 손자인 프라탑 싱(Pratap
Singh) 때 만들어졌으며, 이슬람 문화의 영향을 받은 하렘(후궁들의
처소)이다. 힌두교의 신 크리슈나를 숭배했던 프라탑 싱은 하와마할
을 신께 바치고, 하와마할의 정면을 크리슈나가 머리에 쓴 왕관 모
양으로 만든다.

　붉은 빛 사암으로 지어진 하와마할은 창틀을 정교하게 다듬어

만든 화사한 테라스형 궁전이다. 벌집처럼 다닥다닥 붙어 있는 격자창이 전면에 보이는데, 강렬한 햇살을 받은 궁전 전체에 붉은 빛이 감돈다. 이 격자 형태의 창문들은 작은 바람이 증폭되는 벤츄리(Venturi) 효과로 무더운 여름에 건물 내부를 시원하게 만들어 준다. 그래서 바람이 불면 아름다운 소리를 일으키기 때문에 '바람의 궁전(The Palace of Wind)'이라 부른다. 이 건물은 어느 쪽에서나 바람이 잘 통하도록 설계되어 있는데, 이 지방의 무더위를 고려해 바람이 잘 통할 수 있는 창문 구조라고 한다. 따라서 천 개의 창문을 통해 들어오는 바람이 사막의 열기로부터 실내를 서늘하게 유지할 수 있게 한다.

당시 궁정의 여인들은 외출이 허용되지 않아 화려한 벌집형 테라스의 창을 통해서만 바깥 세상을 내다볼 수 있었다. 복잡한 격자무늬 장식으로 되어 있는 창은 왕실의 여인들이 밖을 내다볼 때 밖에서는 안을 볼 수 없도록 되어 있다. 평생 외부와 단절된 채 살아가는 궁중의 여인들에게 하와마할의 작은 창문들은 바깥 세상으로 향하는 유일한 통로였던 셈이다.

젊고 아름다운 여인들이 붉은 벌집형 창가에서 활기 넘치는 트리폴리아 시장 거리를 내다보았으리라. 새장 속 신세가 되어 궁전 창문을 통해 바깥 세상을 바라보았을 여인들의 가슴에는 어떤 애환과 가슴 아픈 사연이 도사리고 있었을까.

하와마할이 마주 보이는 길 건너편에 서서 붉은 빛이 감도는 창

문들을 한참 동안 올려다보았다. 내 머리 위로 전신주에 매달린 낡은 전선들만이 거미줄처럼 어지럽게 얽혀 있다. 한때는 찬란하게 빛났을 테라스형 궁전의 외벽은 낡고 빛바랜 모습이 되어 거스를 수 없는 세월의 흔적으로 남아 전신주 위 허공을 떠도는 듯하다.

여섯.
별의 현자와 잔타르 만타르

시장 거리를 가득 메운 인파와 온갖 운송수단이 뒤엉켜 극심한 혼잡을 이루고 있는 하와마할, 이를 뒤로하고 유서 깊은 천문대 유적인 잔타르 만타르(Jantar Mantar)를 향해 걸었다. 복잡한 거리를 잠시 걸어 왼편 큰 골목길로 꺾어 들면 잔타르 만타르로 가는 길로 접어들게 된다. 이곳 역시 수많은 사람들과 크고 작은 차량, 오토바이와 자전거 등이 뒤섞여 혼잡의 극치를 이룬다. 도로 옆에는 좌판을 벌이고 있는 사람들로 뒤죽박죽인 채 아주 복잡하고 부산하다. 검붉은 사리를 걸친 인도 여인이 부피가 엄청나게 큰 짐을 머리 위에 이고 빠른 걸음으로 지나친다.

잎이 무성한 나무들이 짙은 그늘을 이루고 있는 도로 위에 온갖 잡곡을 펼쳐놓고 파는 사람들이 보인다. 그 뒤편으로 땅이 보이지 않을 만큼 엄청난 수의 비둘기가 빼곡히 진을 치고 있다. 엄청난 비둘기 떼의 모습에 잠시 눈을 파는 사이, 머리 위에 큰 짐을 인 아주머니는 저만큼 멀어져 간다. 태양은 열기를 점점 더해가고, 오가는 사람들의 발걸음이 더욱 분주하다. 혼잡한 골목길을 통과하여 잔타르 만타르 안으로 들어섰다. 잔타르 만타르는 도심 속의 공원처럼 더없이 쾌적하고 한가로운 모습이다.

잔타르 만타르(Jantar Mantar)는 18세기 초반에 인도 땅에 세워진 기념비적 천문대 유적으로, 자이싱 2세(Sawai Jai Singh II)가 시티 팰리스로 불리는 궁전 안에 건립하였다. 자이싱 2세는 힌두나 이슬람 모두의 고전과 언어, 힌두교와 이슬람교의 종교사상, 전통의학을 공부했다고 한다. 자이싱 2세는 천문학과 수학에 남다른 열정을 쏟은 뛰어난 학자로 별을 관찰하기를 좋아하여 별들에게 미래를 물은 별의 현자라고 일컬어진다.

힌두의 고전뿐만 아니라 고대 그리스와 이슬람의 기하학, 천문학 서적을 산스크리트어로 번역해서 활용하였으며, 선교사들을 통해 유럽의 문헌들도 받아들였다. 자이싱 2세는 과학자들을 외국에

보내 천문대를 짓기 위한 연구를 수행토록 하여 델리, 우자인, 바라나시, 마투라 등 다섯 지역에 잔타르 만타르를 세운다. 인도 과학의 정수이며, 결정판이라고 할 수 있는 이곳 잔타르 만타르가 규모 면에서 가장 크고 보존상태가 뛰어나다고 한다.

잔타르 만타르는 산스크리트어로 '기묘한 기구 또는 마법의 장치'라는 뜻으로, 유적지 내에는 대형 해시계, 별자리 계측기, 자오선의, 천체 경위 등이 천체 연구를 위한 20여 개로 구성된 주요 관측기구가 건축물처럼 땅에 고정되어 있다. 작은 돔 모양의 전망대는 달과 별의 운행은 물론 계절풍이 오는 것을 관측할 수 있었으며, 정확한 관측을 통해 음력을 수정하거나 별자리를 통해 일식과 월식 등을 예측하고 앞으로의 날씨도 점쳤다고 한다. 그중에서 인상적인 것은 세계에서 가장 큰 시계라는 브라하트 삼라트 얀트라(Virihat Samat Yantra)이다. 높이가 무려 27m, 넓이 약 40m로 2초 단위의 눈금이 경사를 따라 표시돼 있다. 잔타르 만타르에는 계단이나 창문, 어떤 곳에는 방까지 있어 이색적인 건축물로 보인다.

주변에는 무성한 나무들이 많고, 담장이나 건물, 커다란 과학기기들을 베이지색과 붉은색 칠을 해놓았다. 크고 작은 각종 과학기기들이 초록의 잔디밭 위에 설치되어 있어 쾌적한 과학 정원을 거니는 것처럼 느껴진다. 과학기기들을 이용한 설치 미술 같기도 하여 과학에 관심이 있는 사람들이 돌아보기에도 매력적인 장소일 것이다.

강렬한 햇살이 쏟아져 내리는 베이지색 담장 너머 산 위로 성 모양의 건물과 성곽이 능선을 따라 길게 이어져 있다. 시내를 지나다 눈을 돌리면 어디에서나 자이푸르를 호위하듯 산 위로 예스러운 성곽이 보인다. 자이푸르 특유의 이국적인 풍경으로, 과연 자이푸르는 아름다운 성곽의 도시라고 해도 과언이 아닐 듯싶다.

잔타르 만타르 밖으로 나와 혼잡한 길을 다시 걸어오는데, 녹음 짙은 큰 나무 아래 사람들이 둥글게 모여 무언가를 구경하고 있다. 호기심이 생겨 가까이 다가가 보니, 두 명의 악사가 나란히 앉아 코브라 한 마리씩 앞에 놓고 피리 소리로 녀석들을 조종하면서 행인들을 유혹한다. 아라비안나이트나 동화책, 영화에서나 볼 수 있었던 장면이다. 사막의 가장자리에 위치한 자이푸르, 사막 문화가 주는 강렬한 색채와 라자스탄만의 독특한 문화를 감지할 수 있는 곳임을 일깨워 준다. 성대한 축제를 방불케하는 시장 골목은 수많은 사람들이 내뿜는 열기로 활력이 넘쳤다.

일곱.
하늘의 요새 암베르성

한낮을 넘어서자 태양의 열기가 한여름 찜통 더위를 방불케 한다. 천문대 옆 주차장에서 붉은색 작은 토기에 담긴 요구르트를 하나씩 먹었다. 자이푸르 시내는 주차장을 방불케 할만큼 교통량이 절정이다. 겨우 숙소에 도착해 여장을 푼 다음, 1층 로비로 내려와 입에 맞는 음식으로 배를 든든히 채웠다. 식사 후 숙소로 올라와 잠시 휴식을 취한 다음, 작은 가방 하나를 둘러매고 다음 여행지인 암베르성(Amber Fort)을 향해 출발했다.

자이푸르 외곽으로 빠져나갈수록 몰려드는 차량들로 시내 도로 못지않게 정체가 심하다. 차량이 대책 없이 막혀 오늘이 일요일이어서 그러냐고 물어보니, 암베르성으로 가는 길은 언제나 이렇다고 말한다. 비포장도로와 다름없는 구불구불한 산길을 따라 차량들이 한없이 길게 이어진 채로 지체와 정체를 반복한다. 오후 2시 무렵이 좀 지나서야 성으로 들어가는 길목 앞에 노란색 문이 나타난다. 붉은 부겐빌리아가 강렬한 햇살을 받으며 문 주변을 온통 뒤덮고 있다. 태양의 열기와 흐드러지게 매달린 붉은 꽃이 가슴을 뜨겁게 달군다. 빛의 정원을 통과하듯 문 안으로 진입하였다.

계곡 사이로 난 길을 따라 수많은 차량과 사람들이 떠밀리듯 오간다. 파란 하늘과 맞닿은 아라벨리 산정 위로는 꿈틀거리는 용처럼 성곽이 길게 이어져 있다. 산 중턱에 자리한 붉은 궁전과 길 건너에 자리한 호수, 호수 위 정원과 산 위의 자이가르성(Jaigarh)이 주변 풍경과 잘 어우러져 고아(古雅)한 정취를 자아낸다. 암베르성이 높은 지대에 위치해 있어 지프 차를 타고 구불구불한 길을 따라 하늘로 오르듯 나아갔다.

오래된 사원처럼 보이는 암베르성은 옛 정취가 물씬 풍긴다.

1,600년대 현재와 같이 화려한 모습을 갖춘 왕족의 도성이 되었지만, 자이 싱 2세는 물 부족과 늘어나는 인구로 인해 자이푸르에 계획도시를 건설한다. 자이푸르가 새 수도가 되면서 암베르성은 별궁이 된다. 붉은 사암과 흰 대리석으로 이루어진 암베르성(Amber Fort)은 델리의 레드 포트, 아그라의 아그라성과 함께 인도에서 가장 아름다운 3대 성으로 꼽힌다.

'암베르(Amber)'는 '하늘'을 뜻한다. 암베르성에 오르면 파란 하늘 아래로 눈부신 풍경을 만나게 된다. 건너편 산줄기 위로 성이 이어지고, 성 아래로는 암베르 타운이 아련한 풍경으로 펼쳐진다. 견고한 성벽 안 궁전은 다양한 형태의 건축물로 구성되어 있는데, 테라스와 정자, 왕 접견실의 천정 장식, 다양한 식물 등으로 표현된 아라베스크 문양의 독특한 벽면 장식, 여기저기 화려한 색들로 치장된 모자이크와 섬세한 장식들로 넘쳐난다. 특히 스테인드글라스로 이루어진 거울 궁전 세쉬마할(Sheesh Mahal, 왕비의 방)은 모자이크와 벽화뿐만이 아니라 방 전체를 거울 모자이크로 촘촘하게 꾸며 눈부실 만큼 화려한 모습을 연출한다. 중앙정원을 내려다보면 화단 안에 기하학적 형태의 석조로 만든 보도가 형성되어 있다.

예전에 병사들의 사열 장소로 활용되었다는 성안의 넓은 광장에서 주변의 풍경을 돌아보는데, 넉넉한 품의 인도 아저씨가 귀여운 사내아이를 안고 성 뒤편을 배경으로 사진을 찍고 있다. 동그란 눈이 예쁜 아이 옆을 지나다 손을 흔들어 주니, 아비가 빙긋이 미소를 지으며 나에게 다가와 아이를 내 품에 안겨준다. 아이도 스스럼없이 내 품에 푹 안긴다. 귀여운 아이를 안고 건너편 산을 배경으로 사진을 찍었다. 부드러운 아이 볼을 내 볼에 대고 사진 한 컷을 더 찍었다. 솜털 같은 부드러움과 은은한 아이의 체취가 고스란히 전해진다. 사람이 사람에게 전해주는 온기는 언제나 즐거움을 주고 희망처럼 마음을 환하게 한다. 기꺼운 아비의 마음과 아이의 향기가 봄기운처럼 전해진다. 곁에 서 있던 친구가 꼭 닮은 늦둥이를 보았다며 하늘을 바라보며 유쾌하게 웃는다.

늦은 오후로 갈수록 성 주변에 짙은 그림자가 길게 드리워진다. 성안에 드리워진 크고 작은 그림자가 궁전 안을 수런거리며 돌아다니는 것 같다. 궁전 안을 거닐기고 하고, 성 아래 계곡의 풍경에 넋을 잃기도 하였다. 짙은 산 그림자를 따라 서늘한 바람이 불어온다. 어두워질 때까지 성 위에서 서성거리다가 밤하늘의 별을 바라볼 수 있다면 참으로 좋으리라.

여덟.
산 위의 전망대 자이가르성

오후 다섯 시가 좀 지난 시각 일몰이 아름답다는 자이가르성 전 망대를 향해 지프를 타고 출발했다. 자이가르성 위에서 일몰뿐만 아니라 자이푸르 시내와 산자락을 타고 뻗어 나가는 성곽과 성 주변의 풍경을 잘 둘러볼 수 있으리라. 암베르성보다 훨씬 더 높은 곳에 위치한 자이가르성에서 밤하늘의 별을 더 잘 올려다 볼 수 있을 것이다. 하늘에서 찬란한 유성우라도 한바탕 쏟아져 내린다면 더할 나위 없이 좋으리라.

들뜬 마음으로 구불구불한 산길을 오른다. 오가는 차량이 너무 많아 차량이 서로 뒤엉키며 대책 없이 막힌다. 부풀었던 마음이 점점 가라앉고 침울해진다. 그대로 맡겨두는 수밖에 어찌할 도리가 없다. 굴곡이 심한 산길인데도 틈만 생기면 서로 뒤질세라 비집고 파고들며 거칠게 내달린다. 내 인생에서 가장 스릴 넘치는 지프를 타고 산 위의 전망대에 가까스로 도착할 수 있었다.

산 위 전망대 일대에는 이미 어둠이 깔렸고, 희부연 안개로 뒤덮여 있어 하늘은 물론 산 아래로 아무것도 보이지 않는다. 사람들의 웅성거리는 소리만이 전망대 주변에 가득하다. 전망대 위에 있는 성곽 카페에 자리를 잡았지만, 기대했던 밤하늘의 별이나 자이푸르 시내의 야경은 전혀 볼 수가 없다. 그저 아쉽고 황망(慌忙)한 마음뿐이다.

높은 산 위에서 냉랭한 밤 기온에 떨고 있자니 모든 감흥이 사라

지고 몸과 마음 모두 침울해진다. 긴 팔 패딩을 가져오지 않은 것을 못내 후회하였다. 결국 한기(寒氣)를 견디지 못하여 일행 모두 전망대 아래 하얀 막사 안으로 자리를 옮겼다. 맥주에 간단한 안주를 곁들이며 담소를 나누었지만, 맥주 한 잔 마실 줄 모르는 나로서는 어떤 흥(興)도 일지 않는다.

따끈한 커피잔을 두 손으로 꼭 감싸 쥐고 밖으로 나와 어둠에 둘러싸인 주변을 하릴없이 두리번거렸다. 어둠과 뿌연 안개로 뒤범벅되어 있으니, 어떤 불빛도 밤하늘의 별도 전혀 감지할 수가 없다. 그저 허허로운 마음으로 싸늘한 밤바람만 맞을 수밖에.

어둠을 몰고 가듯 거칠게 차를 몰아 산 아래로 내려간다. 거리에는 수많은 사람들이 쏟아져 나와 활기로 가득하다. 한 음식점 앞에 문전성시를 이루듯 많은 사람들이 와글거리며 줄을 서 있다. 이슬람 음식을 하는 유명한 맛집이라고 한다. 바로 옆 음침한 공터에는 남루한 차림의 사람들이 손바닥만한 불을 피워놓고 쭈그리고 앉아 있다. 어디를 가나 저렇듯 작은 불을 피워놓고 웅크리고 있는 사람들이 많이 보인다. 어둠이 찾아오거나 새벽이 되면 흔히 볼 수 있는 모습이다. 그래서인지 어둠이 내리면 세상이 미로와 혼돈에 빠진 듯 마음이 불안해진다. 서서히 검은 숯이 되어가는 사람들을 어떻게 소생시킬 수 있을까.

작은 불씨 하나라도 함께 쪼일 수는 없을까. 손바닥만한 작은 불씨가 서로의 촛불이 되어 주변을 밝힐 수는 없을까. 서로에게 실낱같은 온기라도 전해줄 수 있다면 분위기가 사뭇 달라지리라. 그런 무망(無望)한 생각을 해본다.

아홉.
백색 힌두사원에서의 아침 풍경

밝은 햇살이 쏟아지는 자이푸르에서 다시 아침을 맞았다. 숙소 창에 입김처럼 새하얀 성에가 서렸다. 일교차가 큰 탓인지 부연 안개가 시내를 감싸고 있다. 오전 8시 무렵 시내 한복판을 가로질러 다음 목적지를 향해서 출발했다. 어제와 다르게 자이푸르 시내의 아침 거리와 골목에는 온갖 쓰레기와 오물들이 눈에 많이 들어온다. 밤 동안 거리와 골목에서 노숙했는지 잔뜩 찌든 초라한 행색의 사람들도 여기저기 웅크리고 있다. 냉기 어린 아침 날씨 때문인지 불을 피워놓고 있는 사람들도 더러 보인다. 무심히 거리를 지나치는 동물들이 눈에 들어온다. 자이푸르 시내의 거리와 골목 풍경을 바라보는 사이 백색 힌두사원인 비를라 만디르(Birla Mandir)에 도착하였다.

산 뒤편으로 밝은 태양이 떠오르고, 산 그늘이 짙게 내려앉은 사

원 일대는 냉랭한 기운이 감돈다. 아침 햇살을 받기 시작한 산 위의 성벽과 서로 다른 모양을 한 세 개의 사원이 인상적인 대비를 이룬다. 산 위의 성벽을 올려다보기도 하고, 밝은 햇살이 투사되는 시내를 내려다보며 사원으로 향했다. 사원 입구에 사원 안으로 신고 들어갈 얇고 하얀 덧버선을 마련해 놓았다.

차가운 대리석 바닥에 물기가 서려있다. 덧버선을 신고 있어도 발이 시리다. 큰 강당같이 횅한 사원 가장자리의 기둥과 벽, 천장에는 힌두신이 어지럽게 조각되어 있다. 사원 안에 조각된 신들보다 아침 햇살이 비껴드는 인상적인 시내 정경에 자주 눈길이 간다.

대리석 사원 바닥이 너무 차가우니 발뿐 아니라 온몸에 차가운 기운이 전해진다. 냉기 때문인지 발을 동동거리며 사원을 돌아보던 사람들이 재빨리 사원 밖으로 빠져나간다. 냉랭한 기운에 온몸에 한기가 들어 화장실에 가고 싶어진다. 화장실 앞에 뿌려놓은 물이 살

얼음으로 변해 있다.

마침내 산 위에서 밝고 찬란한 햇살이 사원 일대로 쏟아져 내린다. 수많은 비둘기 떼가 찬란한 햇살을 받으며 흰 대리석 사원 위로 날아오른다.

열.
물의 궁전과 아름다운 신부

월요일 아침, 자이푸르 시내로 투사되는 햇살이 점점 강렬해지고, 사람들의 발걸음도 더욱 빨라진다. 정신없이 자전거 페달을 밟는 사람들, 릭샤의 부지런한 움직임, 곡예하듯 오토바이를 모는 사람들, 검은 연기를 뿜어내는 트럭, 버스 등 온갖 종류의 차량에서 요란한 경적을 울려댄다. 강한 햇살을 받은 모든 물상들도 한층 탄력을 받는다. 암베르성으로 향하면서 아쉽게 지나쳤던 호수 위의 궁전 앞에 차가 멈췄다. 힌두어로는 '잘 마할(Jal Mahal)'로 불리는 '물의 궁전'이다.

호수 위에는 물안개가 자욱하다. 모락모락 피어오르는 물안개로 인하여 호수 한가운데 있는 물의 궁전이 그 형태만 겨우 보인다. 호수 건너편에서 찬란하게 떠오르는 태양도 짙은 물안개 속에 잠겨 있다. 호수 앞 공터에 작은 좌판을 벌여 놓은 사람들이 많다. 좌판 옆에 조그만은 불을 쬐고 있는 사람들도 여럿 있다. 모녀가 물이 설설 끓는 시커먼 주전자 옆에 나란히 앉아 있다.

　호수 위로 모락모락 피어오르는 물안개가 몽롱하면서도 환상적인 분위기를 자아낸다. 물안개 저편 몽환적인 아침 호수를 배경으로 사진을 찍으려는 사람들이 모여든다. 환상적인 물안개 속의 풍경을 한 컷이라도 더 담으려는 사람들의 발길이 분주하다. 그런 사람들의 모습이 그림자놀이를 하는 것처럼 보인다. 나도 감탄사를 연발하여 안개 속 몽환적인 정경을 담는데 정신이 팔려 한참 동안 분주하게 움직였다.

　화사한 옷차림을 한 신부와 신랑이 사진을 찍고 있는 모습이 눈에 들어온다. 커피색 피부에 매력적인 외모를 지닌 신부를 보니, 바삐 움직이던 발걸음이 멈칫거려진다. 진한 쌍꺼풀에 깊은 눈을 한 신부는 이마 정중앙에 빈디를 칠했고, 윤기 흐르는 긴 머리는 꽃으로 장식했다. 하얀 베일을 쓰고 밝게 웃는 아름다운 신부에게로 자꾸만 눈길이 간다. 당당한 체격의 신랑은 윤기 흐르는 검은 피부에

오마 샤리프(Oma Shriff) 같은 콧수염을 달고 있다. 연신 행복한 미소를 귀에 걸고 있는 신랑을 보니, '복이 많은 사내로구나.'하는 생각이 든다. 한 사내가 두 사람의 모습을 사진과 동영상으로 연신 담아낸다. 나도 예쁜 신부의 모습이 담긴 사진 두어 컷을 찍었다. 전통적인 사리를 걸치고 배꼽티에 살짝 속살이 드러나는 장식적인 인도 여인들의 모습은 참으로 매력적이다. 젊고 아름다운 선남선녀의 모습이 안개에 둘러싸인 호수 위의 궁전과 참 잘 어울린다.

호수 위의 궁전이 물안개와 어우러져 꿈을 꾸듯 풍부한 모습을 연출한다. 이내 태양이 중천으로 떠오를 것이고, 주변에 드리워졌던 안개 역시 서서히 사라질 것이다. 환상적인 꿈도 잠시 물의 궁전 역시 평정심을 되찾듯 일상의 평온한 모습이 되리라.

자이푸르를 여행하는 사람이라면 아침 시간을 내어 물안개가 모락모락 피어오르는 환상적인 물의 궁전을 돌아보는 것 역시 커다란 행운 중의 하나가 될 것이다.

3장
/
아그라로 가는 길

"넓은 마당 한가운데 거대한 우물이 양팔을 펼치듯 하늘로 향하고 있다. 어린 시절 보았던 동구 밖 우물 안에서 고개를 들고 위를 올려다보면 딱 그만큼의 하늘이 보이지만, 찬드 바오리 우물은 두 팔을 활짝 펼쳐 마음껏 하늘을 바라볼 수 있게 되어 있다."

— 본문 중에서

3장 아그라로 가는 길

하나.

한적한 시골 마을 아브하네리

시내 어디에서 바라보아도 먼발치로 보이는 산 위의 고성(古城)이 인상적인 자이푸르를 뒤로 하고, 타지마할이 있는 아그라를 향해 길을 잡았다. 자이푸르에서 차량으로 약 6시간 정도 걸리는 곳인데, 도중에 95km쯤 떨어진 곳에 위치한 아브하네리(Abhaneri)에 들러 계단식 우물인 찬드 바오리와 힌두교 사원인 하샤드마타도 돌아볼 예정이다.

밝은 햇살이 쏟아지는 자이푸르 시내를 벗어나 고개를 넘어 고속도로 톨게이트를 통과하자 천지사방을 구분할 수 없을 만큼 짙은 안개가 도로 양옆에 가득하다. 조금 전까지 쏟아져내리던 강한 햇살은 감쪽같이 자취를 감추고, 전혀 예상치 못한 안개 지대로 들어선 것이다. 차창 밖으로 부연 안개만이 휙휙 지나칠 뿐, 한참을 달려도 안개가 사라질 기미가 전혀 보이지 않는다.

의자에 편안하게 기댄 채 차창 밖 안개를 바라보고 있으니, 몸이 나른해지며 눈이 절로 감긴다. 어느 순간 눈을 뜨고 차창 밖을 바라보니, 전형적인 시골 풍경이 눈에 들어온다. 길옆으로 허름한 토담집 민가들이 보이고, 간혹 벽돌로 지은 집도 눈에 들어온다. 그런 민가를 지나치다 보면 우거진 잡목 숲이 보이고, 다시 들판과 그만그만한 풍경이 연이어 지나간다.

길옆 민가 앞에 작은 모닥불 피워놓고 그 앞에 쪼그리고 앉아 있는 사람도 더러 있다. 마을 어귀와 그 뒤편으로 소 떼들이 보이고, 여섯 명의 여인이 밝고 화사한 사리를 온몸에 두르고 머리 위에는 무거운 짐을 올린 채, 맨발로 열을 지어 걸어가는 모습이 보인다.
이렇듯 어디를 가나 맨발인 채로 도로 위를 걸어가는 여인네들을 종종 볼 수가 있다. 여인들은 한결같이 밝고 화사한 긴 원색 사리

를 몸에 두르고 있는데, 가난을 머리에 이고 사는 여인들일지라도 예외 없이 화려한 옷에 장신구를 치장하고 있다.

　도시에서나 농촌에서나 머리 위에 커다란 짐을 올린 여인들의 모습이 종종 눈에 띈다. 수많은 인도 여인들은 어려운 가사 일을 도맡아 하며 고단한 하루를 보낸다. 맨발인 채 무표정한 모습으로 묵묵히 길을 걷고 있는 여인들의 모습을 보니, 고달픈 삶의 그림자가 숙명처럼 그녀들의 뒤를 따르는 듯하다.

　인도 여인들은 화려한 차림에 장신구로 몸을 치장한다. 여성들은 크고 작은 빈디(이마 정중앙에 찍거나 붙이는 장식용 점)로 멋을 부리고, 귀걸이와 목걸이는 물론이고 팔뚝이나 손목, 발목에 이르기까지 일상이자 전통인 것처럼 장신구로 치장을 한다. 물론 여인으로서 아름다운 관능미 또한 버리지 않는 모습이다. 힌두 사원이나 불교 사원에서 발견된 여인상에서도 온갖 패물과 장신구로 치장한 모습이 보인다. 몸을 꾸미고 장식하는 일이 일종의 의식이요, 복되고 길한 일이라고 인정하는 모양이다.

　비록 삶이 남루할지라도 화려한 차림에 장신구로 몸을 치장하고 있는 모습을 보면서, 가정과 사회, 종교가 뒤얽힌 모순된 세상을 살아가는 인도 여인들의 모습이 안타깝게 그려진다. 이런 인도 여인들의 헌신이 인도 사람들의 진한 삶의 터전을 이루고 있으리라.

　우리를 태운 버스가 크고 작은 길가의 마을과 중소도시를 지나 계속 나아간다. 차창 밖 광대한 대지 위로 푸릇푸릇한 논과 노란 유채꽃 들판이 연이어 펼쳐진다. 그러다 기르다푸라(Girdharpura)라는 작은 도시를 거쳐 허옇게 드러난 맨바닥에 자갈과 잡초만이 무성한 방강가강을 지나 아브하네리로 향한다. 들판 사이로 난 한적한 시골길을 달려 오전 11시 20분 무렵 아브하네리 마을 입구 주차장에 도착하였다. 붉은 토양 위에 조성된 작은 마을 근처 벌판 여기저기에 노란 유채꽃밭이 펼쳐져 있다.

찬드 바오리(Chand Baori)로 가는 길 바로 오른편으로 어지럽게 부서져 내린 사원구조물의 잔해들이 보인다. 작은 사원을 빙 둘러 철제 울타리가 있는데, 한가운데 지붕 부분만은 그대로 남아 있는 기형적인 모습이다. 마을 앞 길가에 노점이 길게 늘어서 있는데, 길가 노점을 지키고 있는 사람들이 호객행위를 하지 않으니 마음이 편안하다.

둘.
하늘로 향한 우물 찬드 바오리

우중충하면서도 볼품없어 보이는 입구와 다르게 찬드 바오리 매표소 앞에는 제법 널찍한 정원이 있다. 한가로운 정취를 자아내는 정원 잔디밭 위에서 참새같이 생긴 녀석들이 시끄럽게 떠들기도 하고 민첩하게 움직이면서 주홍빛 부리로 무언가를 열심히 쪼아 먹고 있다. 그때 몸집이 큰 새 한 마리가 잔디밭 위로 날아와 앉는다. 큰 새가 앉기가 무섭게 작은 놈들이 떼로 달려들어 공격하니, 몸집이 큰 새가 이를 견디지 못하고 곧장 날아가 버린다. 조그만 녀석들의 당차고 호전적인 모습에 웃음이 절로 나온다.

찬드 바오리 입구에는 인도 고고학 연구소에서 설치한 안내 간판이 있다.

이 계단식 우물은 8~9세기 이곳 아바네리 지역을 통치했던 니쿰바 왕조의 찬다왕에 의해 건설되었다. 깊이가 19.5m나 되는 사각형 계단식 우물로, 입구가 북쪽에 있다. 우물 북쪽에는 왕의 숙소 겸 공연장이 있고, 동서남쪽으로 계단이 있어 그 계단을 통해 우물로 내려갈 수 있다.

니쿰바(Nikumbha) 왕조는 8세기 라자스탄을 중심으로 북서부 인도를 지배했던 왕조의 한 분파다. 이들은 찬다(Chanda)왕 때 방강

가강을 중심으로 문화를 번성시킨다. 그중 대표적인 문화유산이 이 곳 아브하네리에 있는 계단식 우물인 찬드 바오리다. '바오리'는 힌디어로 '계단식 저수지'라는 뜻이고, 여기에 '찬다'라는 왕의 이름이 더해졌다.

매표소 앞에 기골이 장대한 사내가 거드름을 피우듯 무뚝뚝한 모습으로 앉아 있다. 우물이 있는 광장 안으로 발을 들여놓는 순간, 허름해 보이는 입구와는 전혀 딴판인 상상하지 못한 놀라운 광경이 펼쳐진다.

'아! 이런 우물이!',

'세상에 이렇게 크고 깊은 대형 우물이 있다니!'

탄성이 절로 나온다. 윤동주의 시 '자화상'에 나오는 '산모퉁이 외딴 우물'을 생각했던 사람으로서는 도저히 상상할 수 없는 거대한 규모의 짜임새를 갖춘 우물이다. 이곳을 방문하는 여행객들이 실제 우물을 대면하게 된다면 커다란 문화적 충격을 받을 수밖에 없는 훌륭한 지하 건축물이다.

입구인 우물 북쪽에 왕이 사용했던 별궁이 있는데, 왕궁 전면에 발코니와 테라스가 있는 힌두 양식이다. 널찍한 터를 조성하여 옛 별궁의 담벼락을 따라 회랑이 주변을 빙 둘러싸고 있는데, 우물 전체가 안정감이 있고 짜임새가 돋보인다. 회랑의 벽과 기둥에는 신상과 상당수의 조각이 남아 있다. 대부분 천상의 여인 압사라, 물동이를 든 강가여신, 비쉬누의 화신으로 보이는 신상, 코끼리 형상을 한 가네샤 등인데, 니쿰바 왕조시대의 조각품이 주를 이룬다.

바로 그 한가운데 한 변의 길이가 35미터인 정사각형 모양을 한 지하구조물인 대형 우물을 만들어 놓았다. 우물은 역삼각형 즉 피라미드를 거꾸로 세워놓은 모양을 하고 있는데, 삼면이 계단으로 축조되어 있어 물 높이가 어떠하든 물에 쉽게 접근할 수가 있는 형태다. 수많은 계단이 찬드 바오리 우물 아래 쪽으로 향하는데, 각층이 계단과 계단을 따라 정교하게 연결되어 있다. 경사가 가파른 우물 아래 방향과 좌우로 연결된 계단을 번갈아 내려다보았다. 무려 3,500개나 된다는 계단과 계단이 수를 놓듯 서로 물고 물리면서 절묘한 문양을 형성한다. 거대한 규모의 석조물인 우물을 사용하지 않아서 그런지 우물 바닥에는 오래된 유물처럼 파란 이끼가 짙게 끼어 있다.

인도는 우기와 건기로 구분되기 때문에 여러 지방에서 빗물을 저장해 두는 저수시설이 필요했다. 서인도에서는 일 년 중 약 10개월은 비가 오지 않는데, 이곳 라지스탄 지역에서도 물이 많이 부족한 만큼 건기에 먹을 저수시설을 건조할 수밖에 없었다. 그만큼 물이 소중하고 물이 주는 의미가 남다를 수밖에 없다. 이런 저수시설역시 물을 귀하게 여긴 지혜의 결과물로, 계단식 우물은 단순히 물을 얻기 위한 구조물이 아니라 성스러운 종교적 기능까지도 담당한다. 물을 신성시할 수밖에 없었던 인도인들이 천년도 더 된 9세기에찬드 바오리를 만들게 된 것은 자연스러운 일이다.

우물을 둘러보던 사람들이 모두 빠져나가니, 넓고 텅 빈 우물 광장 안이 더없이 호젓하다. 넓은 마당 한가운데 거대한 우물이 양팔을 펼치듯 파란 하늘로 향하고 있다. 어린 시절 보았던 동구 밖 우물 안에서 고개를 들고 위를 올려다보면 딱 그만큼의 하늘이 보이지만, 찬드 바오리 우물은 두 팔을 활짝 펼쳐 마음껏 하늘을 바라볼 수 있게 되어 있다. 마치 사각 모양의 노천극장 같기도 하다. 우물 주변을 서성거리며 정교하게 수놓아진 우물 안의 계단을 내려다보았다. 화창한 날이어서 그런지 밝은 햇살이 반짝이는 보석알갱이가 되어 우물 안으로 무한정 쏟아져 내릴 것만 같다. 끝없이 펼쳐진 파란 하늘을 올려다보았다. 깊은 밤이면 무수한 별들이 계단을 타고 우물 안으로 우수수 쏟아져 내릴 것이다.

셋.
붉은 사암이 부서져 내린 하샤드마타 사원

햇살바라기를 하며 찬드 바오리를 천천히 돌아보다 다소 늦게 밖으로 나왔다. 매표소 앞에서 보았던 정원 잔디밭 위의 작은 새들이 민첩하게 움직이면서 무언가 열심히 쪼아 먹으며 여전히 시끄럽게 떠들어 댄다. 일행들은 이미 정원을 가로질러 울타리 밖 사원 위에 올라가 있다. 한가로운 정취를 자아내는 정원 길을 걸어 붉은 사암이 부서져 내린 하샤드마타 사원(Harshad Mata Temple)으로 향한다.

정원 안에 작은 기도터가 있는데, 붉은 사리를 걸친 가무잡잡한

피부의 여인이 잔을 올리며 무언가 간절한 발원을 하고 있다. 정원 울타리 사이로 난 작은 철문을 통과하면 바로 신전으로 연결된다. 하샤드마타 사원은 8세기에 지어져 마타 여신에게 봉헌되었다는 힌두교 사원이다. 지붕과 몸체 일부가 남아 있는 파괴된 사원이라 기형적인 모습이다. 사원 기둥에는 다양한 문양과 에로틱한 남녀의 모습 등이 부조되어 있다.

사원 위에 올라서 사방을 돌아보면 끝없이 펼쳐진 들판의 풍경을 두루 조망할 수 있다. 끝없는 들판 위로 한낮의 태양이 무한정 쏟아져 내린다. 드넓은 들판 곳곳에 청보리밭과 노란 유채밭이 보인다. 주변의 모든 풍경이 나른함이 느껴질 만큼 한가롭고 평화롭다. 무너진 성터를 걷듯 사원 주변을 천천히 걷는다. 우리가 올라왔던 사원 반대편 울타리 아래로 사람들이 다니는 길이 나 있고, 너댓 마리 소가 담벼락 아래 한가롭게 앉아 있다.

평화로운 들판의 풍경을 넋을 놓고 바라보고 있는데, 우물 앞 정원 기도터에서 간절히 발원하던 붉은 사리를 걸친 여인이 옷자락을 살랑거리며 우리가 있는 사원 방향으로 걸어온다. 큰 키에 수수깡처럼 마른 몸매를 한 초로(初老)의 여인이 깨진 돌계단을 올라 좁은 신전 안으로 들어간다. 꼿꼿한 자세로 경건하게 의식을 거행하는 여인의 모습에서 깊은 신심이 느껴진다.

한적한 시골 마을을 빠져나와 세계적인 건축물인 타지마할이 있는 아그라를 향해 길을 잡는다. 청보리밭과 노란 유채밭으로 수놓아진 드넓은 벌판이 계속 이어지고 벌판 여기저기에 무리를 이룬 민가

가 보인다. 아그라는 이슬람 왕조인 무굴제국의 창시자 바부르가 수도로 삼은 곳으로, 전설적 지도자 바부르를 떠나서 생각할 수가 없다. 좀더 관심을 갖고 들여다보면 인도를 대표하는 세계적인 건축물인 타지마할이나 아그라의 궁성 등에는 바부르의 문화적 유전자가 깊이 내재되어 있음을 알 수 있다.

넷.
바부르의 문화적 영혼

이슬람을 위해 나는 황야를 방황하였다.
이교도와 힌두들과 전쟁을 준비하며
내 스스로 순교자로 죽길 결심했더니
알라신의 덕분으로 황제가 되었다.

북인도 아그라를 수도로 무굴제국(Mughul, 1526~1857년)을 세운 전설적인 지도자 바부르의 시가 자못 의미심장하게 읽힌다. 시인으로 기억되는 바부르가 델리 술탄 이브라힘을 공격하고 승리를 거둔 후, 스스로 힌두스탄의 황제라고 선포하는 순간이다. 이 시에는 바부르가 오랫동안 싸우면서 황야를 방랑했던 세월이 압축적으로 드러난다.

바부르는 대담하고 모험적이었으며 부하들의 믿음과 충성을 이끌어낼 줄 아는 지도자였다. 바부르는 수많은 난관과 절망적인 상황에서도 꿈을 잃지 않는다. 바부르는 시인으로서 뛰어난 관찰자로서 풍부하면서 상세한 기록을 남겼으며, 그런 바부르는 북인도에 많은 것을 성취할 수 있게 한 문화 전파자로서도 매력적인 인물이다.

> 헤지라 달력 899년(서기 1494년) 라마잔 월(9월), 나는 페르가나의 왕이 되었다.

무굴제국의 창시자 바부르(Bahur, 1483~1530)의 회고록인 『바부르 나마』는 이렇게 시작된다. 바부르는 아버지가 죽자 열한 살의 어린 나이에 페르가나의 왕이 된다. 그의 원래 이름은 자히르 웃딘 무함마드지만, 흔히 '호랑이'라는 뜻의 '바부르'란 별칭으로 불린다. 바부르의 아버지는 티무르의 직계 후손이고, 모계는 칭기스칸의 둘째 아들인 차카타이의 후손이다. 바부르가 인도에 세운 제국의 이름 '무굴'은 페르시아어로 '몽골'을 의미한다.

사료에 따르면 15~16세기 무굴인은 중앙아시아에서 여러 부족이 오랫동안 쟁투를 벌이는 동안 투르크계와 몽골족이 상당한 정도로 혼합되었다. 언어와 신체적인 특징으로 볼 때, 몽골보다는 투르크인에 가까웠다. 즉 인도 무굴제국의 문화는 중앙아시아의 정변에 의해 인도까지 밀려난 몽골로이드가 아리아인과 결합해 만들어낸 문화충돌의 결과라 본다. 이렇듯 바부르는 인도사에서 중요한 이민족 왕조를 건설한 무굴제국의 첫 번째 황제가 된 여러모로 흥미로운 인물이다.

바부르는 페르가나를 잃고 10년간 여러 곳을 떠돌면서 가혹한 시련의 시기를 보내면서도, 그의 열정은 식지 않는다. 그는 시문과 예술의 수양을 게을리하지 않는다. 거친 산악지대의 척박한 환경에서 지낸 바부르는 전설처럼 전해지는 인도의 부에 대해 잘 알고 있었다. 그는 인도에 대해서 다음과 같이 썼다.

> 힌두스탄의 제국은 광대하고 인구가 조밀하며 또한 풍요하다. 동쪽과 남쪽뿐만 아니라 서쪽에 이르기까지 삼면이 바다와 경계를 이루고 있다. 북쪽에는 카불·가즈니 및 칸다하르가 있다. 모든 힌두스탄의 수도는 델리다.

바부르는 그의 자서전에서 부와 번영의 땅으로 소문난 힌두스탄을 정복하려는 야망을 20여 년간이나 키워왔음을 보여준다.

역사 기록에 따르면, 바부르는 1504년에 카불을 정복한 뒤 이곳을 발판으로 삼아 인도 공격에 나선다. 1526년 봄, 바부르의 군대는 카불에서 내려와 인더스강을 건너 델리로 진군한다. 야심으로 가득 찬 바부르가 인도를 차지하기 위한 다섯 번째 원정이다. 바부르의 상대는 힌두교도가 아니라 이슬람교도인 델리의 술탄 이브라힘 로디로, 전투가 벌어진 곳은 힌두스탄의 북부 평원인 델리 근처에 있는 유서 깊은 도시 파니파트였다. 파니파트는 인도 역사상 중요한 전투가 많이 벌어졌던 곳이다.

싸움이 벌어진 1526년 4월, 이 무렵이면 북부 초원의 기온이 섭씨 45도 이상까지 오르는 등 더위가 기승을 부린다. 바부르는 델리의 술탄인 이브라힘과 파니파트에서 인도의 중세 역사를 바꾸게 될 매우 중요한 전쟁에 돌입한다.

우리가 처음 베라(인더스 강 유역에 있는 곳)에 갔을 때 우리 병력은 1500명, 기껏해야 2000명이었다. 우리가 술탄 이브라힘을 물리치고 힌두스탄 땅을 점령한 다섯 번째에 나는 그 어느 때보다 규모가 큰 대군을 거느렸지만, 그래도 명부에 기재된 사람은 1만 2000명에 불과했다.

바부르가 직접 쓴 그의 회고록에 나오는 글이다. 바부르의 군대는 수적으로 분명 열세였지만, 대포로 무장한 포병대와 기민한 기병대의 장점을 최대한 활용하여 불과 1만 2천 명의 군대로 그 10배가 넘는 이브라힘의 군대를 초토화시킨다.

신의 은총으로 그 어려운 일이 쉽게 이루어졌다. 강력한 군대가 반나절 만에 먼지가 되었다.

파니파트 전투에서 승리한 바부르는 델리와 아그라를 점령한 지 일주일이 되지 않아 인도의 황제(파드샤)임을 선포하며 자신의 확고한 뜻을 천명한다. 바부르는 이 전투의 승리로 아그라에 쌓아두었던 이브라힘의 재물을 얻어 재정난을 피할 수 있었고, 본격 인도에 진출할 수 있는 교두보를 마련하게 된다.

이어 바부르는 서로 양립할 수 없는 라지푸트 연맹의 영웅이며 지도자인 라나 상가와의 일전을 벌이게 된다. 라나 상가는 바부르를 쫓아버리기 위해 10만 명의 강력한 라지푸트군을 이끌고 아그라로 쳐들어간다. 1527년 5월 16일 드디어 양측 군대는 아그라에서 40km 떨어진 칸와에서 운명을 건 전투를 벌인다. 바부르 군대는 10만 군대와 500마리의 코끼리 부대를 앞세운, 압도적으로 우세한 라나 상가를 격파하고 승리를 거둔다. 이렇듯 바부르는 대담하고도 모험적인 시도로 뛰어난 군사적 성취를 이루게 된다. 하지만 바부르는 무굴제국을 세운 지 얼마 되지 않은 1530년 12월 26일 47세의 젊은 나이로 세상을 떠나게 된다.

바부르는 교양이 있고 종교적 편견이 적었으며, 그의 조상들이 그런 것처럼 파괴행위에는 손을 대지 않았다. 그는 예술과 문학을 숭상했으며, 스스로 페르시아어로 시를 쓰기도 했다. 꽃과 정원을 애호하던 그는 인도의 무더위 속에서 가끔 중앙아시아의 고향을 생각하며, "페르가나의 제비꽃의 아름다움, 장미와 튤립이 떼 지어 피었는가 하고 잘못 볼 정도로다."라고 읊는다. 꽃과 정원도 그가 애호하는 것들이다.

생전에 카불을 진심으로 사랑했던 바부르는 손수 아름다운 정원을 설계하였으며, 도시 곳곳에 나무를 심고 수조(水槽)를 만들어 정원 가꾸기를 즐겼다. 정교하게 연결된 수로를 통해 물이 흐르도록 꾸미는 이슬람식 정원은 이후 무굴제국의 건축에 한 전통을 이루게 된다. 바부르는 그가 바라던 대로 카불에 있는 바부르 정원에 묻힌다.

　장미와 튤립으로 가득하여 눈부시게 아름다운 도시, 천사조차 그 푸른 초원을 부러운 눈으로 내려다본 도시, 지붕에는 헤아릴 수 없는 많은 달들이 반짝이고, 벽 뒤에는 천 개의 찬란한 태양이 숨어있는 도시…

17세기 페르시아 시인 '사이브-에-타브리지'는 그의 시에서 '카불'이 과거에 얼마나 찬란하고 아름다웠는지 노래한다.

아름다운 담장으로 둘러싸인 정원으로 들어가는 바부르의 모습이 그려진다. 바부르는 아름다운 정원에서 신하들과 함께 술을 마시고 음악을 듣고 시 낭송을 하였을 것이다. 바부르의 정원과 더불어 그가 평생 꾸었을 꿈을 그려본다.

바부르는 위대한 전사요 정복자로 알려져 있지만, 뛰어난 시인이자 작가로도 기억된다. 권모술수가 난무하는 난세를 겪으면서도 그의 마음은 시공간을 자유롭게 넘나들며 생명이 뿜어내는 격조를 전달한다. 역사에서 뛰어난 정치적 역량이나 군사적 성취를 이룬 사람은 많다. 그러나 인도 역사에서 바부르만큼 문학적 인상이나 기억을 남긴 이는 찾아보기 힘들다.

바로 바부르가 쓴 일기이자 자서전이며 인물의 특징을 그대로 드러내 주는 『바부르 나마』가 그것이다. 세계 고전문학 가운데서도 뛰어난 작품으로 인정받고 있는 그의 재미있는 자서전은 대화, 편지, 시, 칙령, 역사적 사실과 지리에 관한 상세한 기록으로 가득 차 있다. 자연계에 대한 깊은 호기심이 드러나며, 과일에 대한 관심, 동식물에 대한 풍요로운 관찰 기록도 포함되어 있다.

바부르는 계속 말을 타고 이동하며 숙영지에서 잠을 자는 거친 삶을 살았지만, 삶 속의 작은 것들을 놓치지 않는다. 자신의 결점, 질병, 종기, 지나친 음주 등도 기록으로 남아 있다. 1590년 그의 손자 악바르 시대에 페르시아어로 번역된 『바부르 나마』는 영어와 프랑스어로도 번역되어 유럽에도 알려진다.

바부르는 문학뿐만 아니라 그림 등 예술에도 조예가 깊어서 페르시아의 화가들을 데려다 궁정에 화원(畫院)을 만든다. 바부르의 혈통을 이어받은 그의 후손들도 예술에 대한 식견이 높았을 뿐만 아니라 그 영감을 물려받아 나름 역량을 발휘한다. 바부르의 손자인 악바르는 페르시아 화가들을 불러들여 소위 무굴 양식의 인도 세밀화를 확립한다. 악바르 손자인 샤자한은 건축에 대한 특별한 조예가 깊어 타지마할과 아그라의 궁성 같은 샤자한의 건축양식을 선보이게 된다.

헌신적인 이슬람교도였던 바부르는 힌두교를 비롯하여 인도에 있는 다양한 종교를 존중한다. 그가 황제에 오른 뒤에는 이전의 델리 술탄들과는 달리 아프가니스탄인이나 인도인들을 아무런 차별 없이 골고루 관리로 등용한다. 이런 바부르가 있었기에 인도 문화와 이슬람 문화를 통합할 위대한 제국의 밑거름이 되었을 뿐만 아니라 그의 정책은 무굴제국의 의미심장한 전통으로도 확립되기에 이른다.

1526년에 세워진 바부르의 무굴 왕조는 이때부터 200여 년간 인도의 강력한 지배자가 된다. 전 세계에서 가장 부유한 나라로 존재하며 바부르의 후손들은 인도인이 되었다. 바부르의 포용적인 태도와 미래지향적인 안목에 찬탄을 금할 수밖에 없다. 여전히 무굴 시대는 인도 북부를 상징하는 이미지로 남아 있으며, 무굴제국이 성취한 문화유산들은 지금도 많은 사람을 매혹시킨다. 한정된 정치적인 입장을 넘어 배타적인 경계를 긋지 않을수록 그에 비례해 다양한 문화가 공존할 수 있고, 결국 찬란한 문화의 꽃이 피어날 수 있으리라. 이 모든 것 역시 바부르의 문학적 성취를 통해서 존재하게 된 문화적 영혼이고 유산일 것이다.

다섯.
아브하네리에서 아그라까지

  아브하네리에서 아그라로 향하는 들판 역시 청보리밭이 많고, 노란 물감을 뿌린 듯 유채밭이 계속 이어진다. 들판의 풍경을 바라보고 달리다 버스 기사와 조수의 식사를 위해 가까운 휴게소에 잠시 들렀다. 휴게소 안에 제법 널찍한 가게가 있어 안으로 들어가 보니, 수많은 물품들이 빈틈없이 빼곡하게 전시되어 있다. 이것저것 소소하게 구경할 거리가 꽤 많다. 가게 안을 천천히 돌아보다가 에로틱한 카마수트라 화집이 눈에 들어와 살까 말까 망설이다가 그대로 두고 나왔다.

  다시 유채꽃과 연초록이 어우러진 들판을 바라보며 달려간다. 톨게이트를 통과하니 다시 노란 유채꽃 들판이 펼쳐진다. 그러다 옆

은 안개가 간간이 출현하더니, 어느 순간 안개 자욱한 들판의 풍경이 나타나기도 한다. 파테푸르 시크리 인근을 지날 때는 길가에 수많은 릭샤들이 줄지어 있다. 파테푸르 시크리는 무굴의 전성기를 이끈 악바르 황제 때 15년 동안 무굴제국의 수도로 존재했던 곳이다. 특히 악바르는 파테푸르 시크리에 머무는 동안 이슬람보다는 다른 종교를 연구하는 데 많은 시간을 보냈던 곳이기도 하다. 이렇듯 북인도는 어디를 가나 무굴제국의 역사가 스며들지 않은 곳이 없다.

오후 세 시 무렵 점심을 먹기 위해 길가 아담한 리조트 앞에 차를 세운다. 식당에 들어가 자리를 잡고 손을 씻기 위해 화장실에 들렀다. 화장실 앞에 건장한 청년 서넛이 나타나 호위하듯 서성거린다. 아무래도 팁을 원하는 수작같았지만 모른 척하고 자리로 돌아와 식사를 하였다. 식사 후 물통으로 다가가 따뜻한 물을 컵에 받고 있는데, 옆에 서 있던 뚱뚱한 웨이터가 슬며시 내 옆구리 쪽으로 손을 내밀며 '원 달러!' 한다. 아무 반응을 보이지 않고 자리에 돌아와 물을 마셨다. 웨이터가 양미간을 잔뜩 찌푸린 채 나를 계속 쏘아보며 무어라고 계속 중얼거린다. 젊은 친구들의 그런 모습에 마음이 편치 않다.

어느 곳을 여행하든지 여행자는 택시 기사나 호텔 및 리조토 종업원, 식당종업원과 같은 사람들을 마주하게 된다. 그들은 나름대로의 예의와 규칙을 지키며 즐겁고 온화한 모습으로 생활한다. 깍듯하게 서비스하는 법을 알고 있고, 손님을 우대하며 성의껏 봉사하고 부드럽고 친절한 어조로 말을 건넨다. 종업원들은 방문객들이 부르거나 도움을 요청하지 않으면 맡은 바 자리에서 조용히 서 있다. 유서 깊고 문화적인 도시에서 꼭 필요한 사람들이며, 도시의 일상이 잘 돌아갈 수 있게 하는 윤활유와 같은 역할을 해준다.

늦은 점심 후 한 시간 반 정도를 더 달려가니 철길이 나오고, 이어 소음과 매연으로 가득 찬 아그라 시내로 진입한다. 아그라 시내의 모든 도로에는 수많은 차량이 길게 꼬리를 물고 이어져 있다. 낡은 자동차들이 뿜어내는 매캐한 매연으로 가득한 아그라 시내는 거의 주차장을 방불케 한다. 차량이 수시로 뒤엉키고 피하기를 거듭하며 자동차의 경적소리가 요란하다.

지독한 혼잡으로 들끓는 시내를 통과하며 거리의 모습을 살피고 있는데, 복잡한 사거리 표지판 위에 영문으로 쓴 '타지마할', '아그라포트'가 눈에 들어온다. 낯익은 간판을 보니, 눈이 번쩍 뜨이며 반가운 마음에 든다. '타지마할'과 '아그라포트'는 이슬람 무굴제국이 남긴 인도의 대표적인 문화유산이다. 복잡한 사거리 표지판을 보며, 왜 아그라에 왔는지를 다시금 상기하게 된다.

아우성치듯 혼잡한 아그라 시내를 벗어나 어스름이 내릴 무렵 우리가 묵을 숙소에 도착하였다. 약간의 주차할 공간에 겨우 건물만 있는 작은 호텔이다. 땅거미가 서서히 잠식해 들어오니 기온이 급격하게 떨어지고 몸이 으슬거린다. 호텔 1층 로비 맞은편에 우리가 묵을 방이 있다.

여행 캐리어를 숙소에 들여놓자마자 그대로 몸을 침대 위에 던졌다. 침대에 벌렁 누운 채 깊은 시름에 젖듯 창백한 천장을 응시하고 있는데, 발정 난 암코양이가 있는지 창밖에서 계속 고양이 울음소리가 들려온다.

마치 전시의 피난 행렬을 방불케 하는 아그라 시가지 풍경이 빛바랜 흑백사진처럼 뒤섞여 침울하면서도 혼란스런 감정에 빠지게 한다. 바부르의 수도 아그라가 그렇게 우리를 맞이하였다. 내일이 올해의 마지막 날이다.

"강줄기는 지상에서 가장 커다란 현악기가 되어 유유히 흐르고 있다. 음악이란 강을 따라 태어났을 것이요, 강물의 흐름을 닮을 수밖에 없으리라. 타지마할 난간 위에 서서 바라본 야무나강의 풍경은 깊고 유려한 음률이 되어 내 안에 진한 그리움으로 남아 있다."

— 본문 중에서

4장 아그라에서의 하루

하나.
하얀 대리석의 꿈 타지마할

이른 아침 세상이 베일에 가려진 듯 온통 안개뿐이다. 온몸으로 스며드는 냉기를 느끼며 타지마할로 향한다. 이른 시각이어서 타지마할로 가는 길에는 다른 여행객들의 모습은 거의 보이지 않는다. 주변 숲속에서 들려오는 새소리만이 평화로운 울림으로 다가온다. 아침 일찍 문을 연 타지마할 입구 앞 가게에서 힌두 음악 특유의 애잔하면서도 절절한 노랫가락이 흘러나온다.

타지마할의 아침이 애조띤 노랫가락으로 날갯짓을 시작한다. 깊은 회한에 젖은 듯 영혼을 파고드는 한 사내의 노랫소리가 평화로운 아침 풍경과 묘한 대조를 이룬다. 애조 띤 가락은 사랑과 영혼이 살아 숨 쉬듯 꼬리에 꼬리를 무는 가락이 되어 주변을 맴돈다. 한 사내

의 절절한 노래가 냉랭한 아침 공기를 타고 영혼을 울리는 메시지로 날아오른다.

사내의 가슴에 평생 떠나지 않은 사랑의 감정이란 어떤 것일까. 사내 곁에 머문 유일무이(唯一無二)한 사랑을 어떤 숨결로 표현했을까. 사내는 사랑에 대한 열망을 하얀 대리석 위에 어떻게 구현했을까.

푸른 수염이 돋아오르듯 생각이 꼬리에 꼬리를 물고 이어진다. 숲속에서 들려오는 새소리와 애잔하면서도 절절한 가락이 운명적인 사랑과 그 영혼을 맞이하듯 나를 세상 저편으로 이끌어 주는 듯하다.

타지마할 정문에는 『꾸란』에 나오는 시가 새겨져 있다.

오, 조용하게 쉬는 혼이여
너의 주 곁으로 돌아가 기뻐하고 기뻐하여
나 알라의 종들과 친하게 지내고
나의 낙원에 들어오라.

타지마할은 무굴제국 5대 황제인 샤자한(Shah Jahan, 1592~1666)이 사랑했던 아내 뭄타즈 마할(Mumtaz Mahal, 1593~1630)을 애도하여 지은 묘당(廟堂)이다. 그들의 사랑은 여전히 끝나지 않은 사랑의 이야기로 남아 있다.

당시 왕궁에는 하렘에서 지내는 황실 여인들이 직접 물건을 파는 장터가 열렸다. 주로 악기, 터번, 베일과 같은 자잘한 물건들을 좌판에 놓고 팔았는데, 시장이 9일간 열려서 '9일장'이라는 이름을 붙였다. 14살의 아르주만드 바누는 고모인 누르자한의 도움으로 판매에 나섰다가 쿠람 왕자(훗날 샤자한)를 만나 사랑에 빠진다. 누르자한은 샤자한의 부왕인 자한기르의 아내다. 샤자한에게 선택받은 그녀는 샤자한의 절대적인 사랑을 받으며 결혼하게 된다. 샤자한은 '용모와 성격에서 모든 여성들 가운데 가장 빼어난' 그녀를 총애한다. 뭄타즈 마할('황궁의 보석'이라는 뜻)이란 경칭은 샤자한이 무굴제국의 황제로 즉위한 후에 그녀에게 수여한 것이다.

기록에 따르면 그녀는 여인으로서 아름다웠을 뿐만 아니라 쾌활하고, 뛰어난 지성의 소유자였던 것 같다. 그녀는 남편을 위해 헌신을 하면서도 그에게 많은 영향을 끼친다. 샤자한은 그녀와 함께 국사(國事)를 의논했으며, 전쟁터까지 왕비를 데리고 갈 정도였다. 기록자들은 그녀가 '정치적 야심을 털끝만치도 품지 않은 완벽한 아내였다'고 기록하고 있다.

보통 무굴 제국의 황제들은 전쟁터에 나갈 때는 아내를 데리고 가지 않는다. 하지만 샤자한은 뭄타즈 마할과 함께 데칸 지역 원정을 떠난다. 당시 원정 중인 데칸 지역은 기근이 아주 심했을 뿐만 아니라 황제의 천막일지라도 데칸의 뜨거운 여름은 황비의 건강에 치명적일 수 있었다. 뭄타즈 마할은 데칸 지역 원정 중, 열네 번째 아이를 낳다가 38세의 젊은 나이로 목숨을 잃는다. 아내의 죽음을 슬퍼한 샤자한은,

"제국의 활기는 사라지고, 삶은 이제 나에게 아무런 의미도 주지 않는구나."

그는 슬픔의 나락에 빠진 채, 식음을 전폐하고 비통에 잠기기를 수십 일, 그의 머리카락이 하얗게 바뀔 정도였다고 한다. 거의 2년 동안 샤자한은 깊은 슬픔에 빠져 살았던 것으로 전해진다. 그의 마음에 깃들인 커다란 공허와 상실감은 무엇으로도 채울 수 없었던 것 같다.

샤자한은 사랑하는 아내가 낙원에서 살 집을 지상에 구현하기로 마음먹고 아내를 위한 묘지를 건설을 시작한다. 기념물을 세울 자리로 야무나강 주변에 땅을 고른 그는 아메르의 힌두교 지도자에게서 이 땅을 사들이려고 애를 쓴 끝에 아그라의 저택 네 채를 주고 땅을 손에 넣는다. 1632년에 공사가 시작되었을 때, 인부들이 가장 먼저한 일은 나무를 심는 일이었다. 이렇듯 타지마할의 설계에는 처음부터 과거 무굴제국의 정원 양식이 영향을 미쳤으며, 낙원의 정원을 무덤에 맞게 변형시킨 것이다. 낙원에 정자가 있다는 생각은 오래전부터 무굴제국의 예술에 등장하였다.

황제는 전대미문의 크고 화려한 묘당(廟堂)을 짓기 위해 바그다드와 터키 등지에서 최고의 장인들을 데려온다. 기록에 의하면, 대리석은 라자스탄 지역의 마크라나 광산에서 1,000마리나 되는 코끼리를 동원하여 운반했다고 한다. 그리고 꽃과 코란 등 각종 문양을 하얀 대리석에 수놓기 위해서 다이아몬드, 청금석, 벽옥, 수정, 진주, 에메랄드, 터키옥, 사파이어, 산호 등의 30여 종의 값비싼 자재와 장식재들을 각지에서 들여온다.

할아버지 악바르와 아버지 자한기르가 다져놓은 제국의 곳간에는 재물이 가득했다. 이 건축 공사에 동원된 장인과 노동자들만도 하루에 2만 명이 넘었다. 공사가 길어지자 타지마할에서 조금 떨어진 곳에 새로운 도시가 만들어질 정도였다. 타지마할의 건축 기간을 표시하기 위하여 2년에 1개씩 작은 탑을 만들기도 한다.

샤자한은 낙원의 뭄타즈 마할을 위해 이 무덤을 구상했으며, 타지마할은 설계부터 마무리까지 샤자한이 직접 참여하여 완성한 건축물이다. 그 작업은 22년에 걸친 대역사 끝에 1654년이 되어서야 완공을 보게 된다. 황제는 하얀 대리석으로 치장한 아름다운 무덤을 만든 후, 아메드나가르에 임시로 묻혀있던 왕비의 시신을 아그라에 있는 '타지마할'로 옮겨온다. '타지마할'은 '선택받은 자의 거처'라는 뜻이다.

당시의 수도 아그라나 델리에서는 귀족의 거처라 할지라도 변변한 가옥을 구경하기 어려웠다. 무굴 시대에 쓴 여러 여행기에는 화려한 무굴의 궁정과 확연히 대조되는 농촌의 극심한 궁핍상이 적나라하게 묘사되어 있다. 모든 제국의 왕궁이 그러하듯 타지마할 역시 담장 바깥에 있는 가난한 백성들의 고혈과 희생의 소산이다.

타지마할에 대해 샤자한의 가장 위대한 업적이니, 세계 기념물로 세계 7대 불가사의라고 언급하기도 한다. 샤자한은 아그라와 델리에 수많은 건축물을 세워 무굴의 부와 안정을 과시했던 인물이다. 샤자한의 아들들은 왕위 계승 다툼을 벌이는 등 그의 기질과 통치 스타일이 한계를 드러내기도 하였다. 백성들의 피와 땀, 고통과 애환으로 얼룩졌을 타지마할, 가난에 찌들고 착취당한 백성들은 타지마할을 바라보며 무슨 생각을 했을까? 만약 천국이 있다면 누구를 위해 존재해야 할까!

샤자한은 뛰어난 미학적 감각의 소유자이며, 건축에 대한 대단한 애착과 열정을 가진 사람이다. 자신의 사랑을 증명하고, 그런 사랑을 영원히 남기고자 했던 샤자한, 타지마할은 그에게 어떤 마음의 위안을 주었을까. 그의 순수하고 열정적인 사랑이 예술적 상상력을 통해 창조되었다는 사실에 묘한 전율이 느껴진다.

이제 아름다운 사랑 이야기가 곁들여진 타지마할은 여행객들에게는 낭만적인 울림으로 전해지고, 이는 여행객들의 발길을 유혹하는 커다란 계기가 되기도 한다. 누구라도 인도를 방문하는 사람이라면 놀랄만한 건축물인 타지마할을 보기 위한 설레는 마음을 가지게 될 것이다. 역사란 때로 여행객들의 무심한 구둣발과 같아서 백성들의 깊은 한숨 소리에는 잘 귀를 기울이지 않는다.

이 여인에 대한 물음은 영원하다

그녀, 시간의 사발 속에서 외치며

영혼 없는 노한 눈빛이 흔들리네.

과대망상증 황제가 그녀를 가져

차가운 대리석 관에 넣었네.

무덤의 대리석 같은 아름다움

그녀의 내적 자아를 덮어 차갑게 두었네.

남자의 여인에 대한 동화같은 열정처럼.

열네 명의 아이는 축복이 아닌 것을

그녀는 그의 존재를 만들고 자신을 잃도록 도왔네.

　　　　　　　　　　—「대리석 무덤」, 라빈드라나트 타고르

　타고르는 샤자한을 과대망상증 황제라며 그의 사랑을 그다지 탐탁지 않게 여긴다. 타지마할 문루가 보이는 광장을 가로질러 걷는데, 현지 가이드가 광장 뒤편으로 보이는 건물과 왼편 앞으로 보이는 건물을 손가락으로 가리키며, 샤자한의 다른 두 부인이 안치된 곳이라고 설명한다.

샤자한은 공식적으로 세 명의 아내를 둔다. 세 황비는 각각 힌두교, 기독교, 이슬람교도였다. 세 명 중에서 샤자한과 사이가 가장 좋았던 아내는 뭄타즈 마할이다. 당시 무굴 황제의 하렘엔 수백 명의 아름다운 여인들이 있었다. 샤자한은 '뭄타즈 마할'을 가장 총애했으며, 궁정 연대기 기록자들은 샤자한과 다른 아내들의 관계는 '혼인 상태를 유지하는 것에 그쳤으며 폐하의 무한한 관심과 애정은 오직 뭄타즈 마할만을 향했다'고 전한다. 이렇듯 샤자한의 절대적인 사랑을 받은 뭄타즈 마할은 매혹적인 아름다움과 위대한 지성을 소유한 여성으로 전해진다.

서늘한 아침 기운이 감도는 광장을 가로질러 타지마할 경내로 들어가기 위해 붉은 사암으로 된 문루 아래로 들어섰다. 아치형 개구부를 통해 옅은 안개 속에 잠긴 타지마할의 신비스러운 자태가 눈에 들어온다. 한가운데를 관통하는 수로를 중심으로 완벽하게 좌우 대칭으로 잘 꾸며진 정원과 줄지어 선 관목과 키 큰 나무들, 하얀 대리석 둥근 지붕을 한 타지마할이 차분하면서 안정감 있는 모습이다. 가운데 양파 모양을 한 대리석 돔과 기단 귀퉁이에 서 있는 네 개의 대리석 첨탑이 있다. 모든 게 혼연일체가 되어 동화 속에 등장하는 궁전처럼 환상적이다.

반투명의 아름다운 궁전 타지마할은 하얀 베일에 가려진 거울 왕국이다. 옅은 안개에 둘러싸인 타지마할을 향해 걸으니, 꿈속에 등장하는 낙원 속을 걷고 있는 느낌이다. 고요한 왕국의 아침을 감

싸듯 서정적인 선율이 잔잔하게 흐른다. 그 선율에 따라 나의 발걸음은 왕국의 정원을 거닐고 있었다. 궁전 문 앞에 다다르니, 문이 활짝 열리며, 맑은 물이 흐르기 시작한다. 물줄기는 봄으로 향하듯 아름다운 선율과 함께 들판을 가로지르며 나아간다. 동화 속 하얀 궁전 위로 연신 축포가 터지며 아름다운 밤하늘을 수놓는다. 동화 속 영화에 등장하는 궁전의 모델이 바로 이 타지마할이 아닐까 하는 생각이 절로 들었다.

타지마할 묘당은 야무나 강을 배후에 두고 동서 300m, 남북 560m의 대지를 점유하고 있다. 또한 한 변이 95m, 높이가 7m나 되는 거대한 기단 위에 세워진 거대한 건축물이다. 타지마할 앞으로 +자형으로 사등분된 정원이 있고, 한가운데로 긴 물길이 나 있다.

중앙 수로 양옆 사분 정원은 이슬람교에서 천상의 낙원을 상징하고, 한가운데를 가로지르는 정원의 수로는 천국의 강을 상징한다.

타지마할은 중앙의 대리석을 비롯하여 타지마할에 새겨진 대리석 조각이나 보석 상감으로 장식된 꽃들도 천국과 관련된 것들이다. 건물 앞에 펼쳐진 꽃과 나무를 수놓은 넓은 정원, 수로에 비친 건물의 그림자는 완벽한 대칭을 이루며 균형 잡힌 아름다움을 뽐낸다. 타지마할 정면으로 난 수로를 따라 나아갈수록 타지마할이 거대하게 확대되며 웅장한 위용을 띤 모습으로 다가온다. 하얀 대리석 묘당 타지마할은 인간을 위한 묘지가 아니라 신의 영역이라고 해야 마땅하리라.

정원의 물길을 지나 타지마할 뒤편으로 올라서는 순간, 조리개가 열리듯 나의 동공이 열리며 강줄기를 따라 나아간다. 야무나강의 긴 물줄기가 완만한 곡선을 이루며 끝없는 흐름을 이어가고 있다. 나의 시선은 강물을 따라 자꾸만 나아갔으며, 나의 발걸음은 강줄기를 따라 서성거렸다. 강줄기가 지상에서 가장 커다란 현악기가 되어 유장한 흐름을 이어가고 있다. 완만하게 굽이도는 강줄기를 거슬러 하얀 바람이 불어오고, 바람은 시간의 소리가 되어 허공에서 펄럭인다. 강변의 풍경이 시간의 음표가 되어 아득한 세월 속에 매달려 있는 듯하다.

음악이란 강을 따라 태어났을 것이요, 강물의 흐름을 닮을 수밖에 없었으리라. 타지마할 난간 위에 서서 바라본 야무나강의 풍경은 깊고 유려한 음률이 되어 내 안에 진한 그리움으로 남아 있다.

강의 흐름과 강변의 풍경에 눈을 떼지 못하며, 묘당 뒤편으로 돌아 타지마할 묘당 바로 앞에 섰다. 타지마할 입구 외벽 장식부터 반투명 흰 대리석 위에 아름다운 꽃들, 독특한 문양의 조각, 경전 코란 등 각종 문양이 촘촘히 새겨져 있다. 타지마할 건물 안으로 들어서니, 차가운 대리석 묘당에 서늘한 기운이 감돈다. 창백한 대리석 천장에서 금세 하얀 눈발이라도 흩날릴 것만 같다.

타지마할은 균형 잡힌 완벽한 비례, 돔과 아치로 된 수려한 곡선미, 우아하고 화려한 대리석 장식 등 그 조형미가 극치를 이룬다고 말한다. '대리석으로 만든 꿈'이란 별칭을 얻은 타지마할은 묘당의 건물, 기단 벽면 무늬, 대리석 벽면의 상감세공을 비롯하여 모든 게 완벽한 모습이다. 샤자한의 뭄타즈 마할에 대한 사랑처럼 견고하게 구축된 묘당 건물 내부를 돌아본다.

영원한 사랑을 갈망했던 샤자한 그리고 그 대상인 아내 뭄타즈 마할, 한때 그들의 생(生)은 비단처럼 안락했을 것이다. 비록 절대적인 권세와 부귀영화를 누리며 영원한 사랑을 갈망했을지라도, 인간이란 결국 창백하게 굳은 시신이 되어 차가운 관속에 놓일 수밖에 없는 존재인 것을.

삶이란 사랑하는 사람을 하나씩 잃어가는 과정이 아닐까. 견고하게 구축된 묘당, 그 언저리를 지나는 강물과 흐름 위의 아련한 풍경이 오래된 그리움 속에 펄럭인다. 침울한 마음으로 거대한 대리석 묘당 뒤편으로 다시 돌아 나와 야무나강을 하염없이 바라본다.

오직 사랑하는 자만이 살아남는다

말 그대로의 의미다, 대상과 시간성의 문제를 떠나 만약 영혼이

존재한다면 그 '만약'을 가능케 하는 것이 사랑이다.

　　　　　　— 박정대, '오직 사랑하는 자만이 살아남는다' 중에서

　사랑이란 왜 그토록 사람들의 기억을 사로잡는 것일까. 인간이
란 사랑하기 위해 태어나는 존재가 아닐까. 사랑이 질긴 끈이 되어
계속 발걸음을 머뭇거리게 한다.

둘.
아그라의 붉은 성채(城砦)

정오를 향해 나아가는 태양이 강렬하다. 타지마할 묘당을 내려와 잘 조성된 정원 천천히 돌아보았다. 찬란한 햇살을 받은 타지마할이 말쑥하면서도 뽀얀 모습으로 그 자태를 드러낸다. 타지마할에서 먼발치로 보이는 아그라 성까지 강물을 따라 걸어갈 수 있다면 참 좋으리라. 그런 아쉬움을 뒤로 하고 샤자한이 유폐되어 쓸쓸한 말년을 보낸 아그라 성으로 향한다.

차창 밖으로 우거진 잡목들이 보이고, 잡목 사이를 장식하는 붉은 꽃에 잠시 곁눈질을 하는 사이, 금세 아그라 성 입구에 도착한다. 붉은 사암으로 쌓아 올린 견고한 성이 강렬한 햇살을 받아 붉게 타오른다. 성 입구에 수많은 사람들이 북적거린다. 아그라 성 입구 앞 견고한 다리 난간에 서서 주변을 둘러보니, 난공불락의 요새답게 아그라 붉은 성채 앞으로 해자가 빙 둘러싸고 있다.

갑자기 붉은 성채를 뒤덮고 있는 수천의 비둘기 떼가 한꺼번에 날아오른다. 비둘기 떼의 비상(飛翔)이 강렬한 태양 빛을 받은 붉은 아그라 성채와 더불어 특유한 장관을 연출한다.

성안으로 들어가는 길 역시 철옹성답게 이중 삼중의 철통같은 방어시설로 되어 있다. 관광객들이 출입하는 남문인 아마르 싱 (Amar Singh) 게이트를 통해 들어갔다. 성문을 통과하여 오른편으로 오르면 잔디가 깔린 넓은 정원이 나오고, 정원을 가로질러 붉은 사암으로 만든 자한기르 마할 궁전이 보인다. 자한기르 궁전은 악바르 황제가 힘겹게 얻은 아들 자한기르 마할을 위하여 지은 건축물이다. 건물 앞에는 돌로 만든 크고 육중한 자한기르의 욕조가 전시되어 있다.

대리석 욕조 바로 아래 다람쥐 한 마리가 많은 사람들의 왕래에도 아랑곳하지 않고 그대로 멈춰 있다. 귀여운 인도 꼬마들이 지나가다가 신기한 표정을 지으며 손가락질을 하거나 가까이 다가가 사진을 찍어도 다람쥐는 꼼짝하지 않는다. 나도 그 모습이 재미있고 깜찍하여 다람쥐 모델에게로 살며시 다가가 사진 두 컷을 찍었다.

순수한 군사용 요새로 건설한 아그라 성은 밖에서 볼 때나 입구를 통과할 때도 위압적이면서도 철통같은 군사 요새로 보인다. 하지만 성문 안으로 들어서면 화려하면서도 안정감 있는 궁전의 모습과 평화로운 정원, 아기자기한 유물과 유적들이 즐비하다. 궁전 안으로 들어가 좁은 통로를 지나면 네모난 넓은 안뜰이 나온다. 붉은 사암을 사용한 화려한 전각들이 안뜰을 빙 둘러싸고 있다. 섬세하고 아름다운 조각들로 이루어져 있으며, 전각 2층에는 테라스가 있어 안뜰을 내려다볼 수도 있다.

이슬람의 무굴제국은 힌두 문명을 배척하지 않고 공존하면서 인도를 지배할 수 있었는데, 자한기르 궁전에서는 힌두와 불교의 흔적 역시 곳곳에서 찾아볼 수 있다. 마당 바닥엔 물이 흐르는 수로가 있으며, 수로의 물은 자한기르 궁전을 통과하면서 분수를 가동한다.

오른쪽 아치문을 나가면 샤자한의 궁전이라는 하스 마할(Khas Mahal)이 나온다. 자한기르의 뒤를 이어 등극한 샤자한이 살았던 곳으로 흰 대리석으로 만들어진 화려한 궁전이다. 궁전 앞에는 타지마할과 마찬가지로 사분정원을 만들어 화단과 수로, 분수들을 설치했다. 하스 마할 궁전의 벽과 천정에는 화려하고 정교한 무늬들로 아름답게 장식되어 있다. 야무나강이 보이는 동쪽 벽으로 창을 만들어 쉽게 밖을 내다볼 수 있으며, 창가에 서서 바라보면 타지마할이 시야에 들어온다.

아그라성(Agra Fort)은 무굴제국의 3대 황제였던 악바르가 수도를 델리에서 아그라로 옮기면서 전쟁을 대비해 만든 왕궁 겸 견고한 요새다. 그 뒤를 이어 자한기르, 샤자한과 아우랑제브가 건축하였던 건물과 궁궐들로 구성되어 있으니, 아그라 성은 무굴 황제들의 다양한 성향을 나타내는 건축 박물관인 셈이다.

특히 건축에 대단한 애착을 갖고 있는 샤자한이 자신의 재능을 최대한 발휘해 아그라 성을 궁전으로 변모시킨다. 그런 샤자한은 왕위를 찬탈한 아들 아우랑제브에 의해 감금당한 채, 바로 이곳 어딘가에서 비참한 말년을 보낸다. 바로 무삼만 버즈(Musamman Burj)로 샤자한이 생애 마지막 8년간 감금된 곳이다. 샤자한은 회한의 눈길로 아내의 무덤인 타지마할을 바라보면서 1666년 숨을 거둔다.

무삼만 버즈는 '포로의 탑'이라는 이미지와는 다르게 밝은 햇살이 잘 들어올 뿐만 아니라 아름다운 모습과 전망을 자랑한다. 보석 상감으로 화려하게 장식한 아기자기한 하얀 대리석 건물로, 건물 테라스에서 타지마할을 잘 바라볼 수 있다.

무삼만 버즈는 자한기르가 아름다운 부인 누르자한을 위하여 건축했으며, 그 뒤에 샤자한이 뭄타즈 마할을 위하여 개조했다고 하니, 하얀 대리석에 다양한 색의 귀금속을 넣은 아름다운 건물이 된 이유를 알 것도 같다. 탑에도 많은 재스민 작품으로 장식해서 재스민 탑으로도 불린다. 아그라성 안의 건축물 역시 타지마할에 손색이 없을 만큼 정교하고 아름답다.

한낮의 태양이 쏟아지는 야무나강의 희부연 풍경 너머로 타지마할이 아련하게 보인다. 타지마할을 바라보며 회한에 찬 말년을 보냈을 샤자한의 모습이 눈앞에 선하게 그려진다.

밝고 화려한 사리로 곱게 차려입은 젊고 아름다운 인도 여인들 역시 타지마할을 배경으로 돌아가면서 사진을 찍는다. 방문객 대부분은 야무나강 저편으로 보이는 타지마할을 배경으로 사진을 찍는다. 나도 예외일 수가 없다. 그 외에도 황제가 외국의 사절들과 고관들을 접견했던 특별 접견실이나 일반 접견용으로 건립한 내부가 호화로운 디완이 암(Diwan-i-Am) 등이 있지만, 샤자한이 갇혔다는 '포로의 탑'을 둘러보고 나서는 주변 풍경과 더불어 성안을 산책하듯 둘러보았다.

북인도를 여행하면서 무굴제국의 역사와 문화, 건축물을 접하게 되면 인도에서 무굴제국이 얼마나 찬란한 문화를 구가하였는지, 인도 역사에서 이슬람 문화 특히 무굴제국이 끼친 영향이 어떠했는지를 실감하게 된다. 그만큼 이해의 폭이 넓어지고 풍부한 자극과 정서적 유대감 역시 커진다. 다가오는 풍경이나 불어오는 바람마저도 남다른 모습으로 다가오리라. 만약 무굴제국의 역사를 도외시한 채 북인도를 여행한다면 문맹자가 된 것처럼 여행에 대한 의미가 반감되리라.

아그라 성에서 바라보는 타지마할의 모습은 참으로 아련하다. 이른 아침 타지마할 앞을 지나다 상점에서 흘러나온 애조띤 음악에 감전되어 꿈속을 걷듯 진한 감흥에 빠져 타지마할을 돌아보았다. 붉게 타오르는 아그라 성을 돌아볼 때는 아련한 풍경이 주는 감흥 속에서 혼자 독백하듯 돌아볼 수 있었다.

셋.
시칸드라로 가는 길

우리를 태운 차가 혼잡한 시내를 빠져나와 아그라 외곽을 달린다. 고단한 몸을 뒤척이듯 야무나강이 아그라 시내를 감싸고 흐른다. 도시 주변으로 강물이 이어지면 그 도시의 풍경이 유려(流麗)해진다. 사람들은 그런 도시를 좋아하고, 도란도란 흘러가는 강물의 풍경에 진한 정감을 느낀다.

아그라 외곽의 풍경은 오랜 세월 그랬던 것처럼 가난이 일상이 된 채 순박하게 살아가는 모습이다. 낙후된 농촌 그대로의 모습인 마을 한편 공터에서는 젊은이들이 나와 크리켓 경기를 하고 있다. 티 없이 맑고 천진한 웃음을 보이며 손을 흔들어 주는 동네 꼬마들의 모습이 정겹다. 대부분의 민가는 낡고 후락한 집들로 엉성한 담장 안으로 검정 소가 유난히 많이 보인다. 민가 주변 들판으로 나와 일을 하는 여성 몇몇도 보인다. 들판을 지나다 보면 남성들의 모습은 보이지 않고, 거의 대부분 여성들이 나와 일을 한다.

차 한 대 겨우 다닐 수 있는 좁은 민가를 통과하여 들판 길을 달려 다얄바그(Dayalbach) 로드에 진입하였다. 근처에 학교가 있어 쏟아져 나오는 아이들로 거리에 활기가 넘친다. 교정을 둘러싸고 있는 붉은 담장을 따라 커다란 나무들이 줄지어 있다. 교문을 나와 삼삼오오 집으로 돌아가는 아이들의 발걸음이 가볍다. 아이들이 밝은 웃음을 지으며 손을 흔든다. 그런 아이들을 보며 손을 흔들어 주니, 곁에 있는 친구들와 목을 뒤로 젖히고 웃는다. 소녀들의 싱그러운 모습에 미소가 절로 나온다.

　　다얄바그 사원에 들어서자 한창 건축 중인 하얀 대리석 사원이 눈에 들어온다. 밖에 마련된 신발장에 신발을 두고 덧버선을 신고 사원 안으로 들어갔다. 사원 바닥이 대리석이어서 언제나 서늘한 기운이 감지된다. 건축 중인 사원 안에 들어가 천장을 올려다보고 천장 아래 벽면을 두루 바라보았다. '아!'하는 탄성과 더불어 넋을 놓고 사원 안을 바라볼 수밖에 없었다. 사원 전체를 뒤덮은 섬세하면서도 정교한 대리석 조각에 입을 다물 수가 없다. 대단한 장관을 연출하는 사원 안 천장을 올려다보며, 타지마할 같은 건축물의 존재에 절로 고개가 끄덕여진다. 밖으로 나와 기웃거리다가 사원 옆 작업장을 들여다보니, 인부들이 사원 건축을 위한 작업을 한창 진행하고 있다.

오후 네 시 무렵, 다얄바그 사원을 나와 시칸드라로 향한다. 악바르 황제의 묘가 있는 시칸드라는 아그라에서 서북쪽으로 약 10여 킬로미터 떨어진 곳이다. 시칸드라로 가는 길은 교통이 원활하여 삼십 분이 걸리지 않아 악바르 묘역 앞에 도착하였다.

넷.
시칸드라의 악바르 묘

네 개의 탑을 올려다보며 정문 안으로 들어섰다. 악바르 묘역으로 가는 길 양옆으로 나무들이 길게 줄지어 있다. 늦은 오후의 햇살이 넓은 정원으로 빗겨 든다. 양날개를 펼친 듯한 건물의 모습이 마음에 편안함을 주고, 사람들의 발길이 뜸해 한적함을 더해주었다. 정원 한편 잔디밭에 앉아 있는 하얀 새의 무리가 한가롭고 평화로운 분위기를 자아낸다.

시칸드라는 로디 왕조의 시칸다르 로디가 16세기 초에 건설한 신도시로 당시의 유구(遺構, 옛날 토목건축의 구조와 양식을 알 수 있는 실마리가 되는 자취)는 거의 사라지고 악바르 묘만이 위용을 과시하고 있다. 죽기 전에 자신의 묘를 짓도록 한 악바르 묘에는 그의 성향이 많이 반영되어 있으리라.

악바르 묘의 수많은 채트리는 인도 전역에 흩어져 있는 각계각 층의 부족들을 상징하는 것으로 보인다. 여러 부족을 융화시키려

던 악바르 황제의 의도가 조형적으로 잘 표현되었다고 해석된다. 최상층의 네 모퉁이에는 작은 채트리가 세워져 있고 가운데에는 텅 비어 있는 중정이 있다. 그리고 전면의 중앙문 상부에 있는 약간 큰 채트리는 악바르 황제를 상징하는 것으로 보인다. 이 채트리가 선봉에 서서 주변의 여러 채트리를 인도하는 것처럼 느껴졌다.

* 채트리(Chatri)란 네 개 또는 그 이상의 기둥 위에 돔이 얹혀 있는 작은 정차처럼 보이는 구조물이다.

악바르 묘는 여러 가지 면에서 타지마할과 큰 대조를 이룬다. 즉 타지마할은 전반적으로 수직적 요소가 강하고, 중앙에 큰 돔이 없는 악바르 묘는 수평적 요소가 강하다. 건축에서 수직적 요소는 권위와 위엄을, 수평적 요소는 자유와 평등을 상징한다고 보고 있다. 악바르 묘는 권위와 위엄보다는 자유로운 조형성을 주도하고 있다.

건축 재료를 보면 타지마할은 흰 대리석으로 정교하고 화려하게 꾸며져 있어 여성적으로 보이는 반면, 악바르 묘는 거칠고 붉은 사암이 주로 사용되어 남성적으로 보인다. 악바르 묘도 중앙 출입구 주변이나 최상층 등 일부에는 흰 대리석이 사용되었지만 전반적으로 검소하고 소박해 보인다.

두 건축을 여러 측면에서 비교해 볼 때, 나는 악바르 묘가 훨씬 더 우수한 건축이라고 평가하고 싶다. 그런데 타지마할은 많은 관광객이 붐비고 있지만, 악바르 묘는 한산하기만 했다.

— 안영배 교수의 『인도건축기행』 중에서

붉은 노을 속으로 하루 해가 저물어 간다. 친구와 어깨를 나란히 하고 한적함이 오롯이 묻어나는 정원을 걸었다. 하얀 새의 무리는 여전히 넓고 고즈넉한 정원의 잔디밭을 떠나지 않고 있다. 지는 해를 배경으로 사진을 찍기에 좋은 곳이다. 친구가 사진을 찍자고 제안한다. 지는 해를 서로의 머리 위에 올려놓기도 하고, 뻗친 손바닥 위에 올려놓으며 사진을 찍었다. 올해의 마지막 석양빛을 받으며 노을 속 풍경을 여러 각도에서 사진으로 담았다. 소슬함이 짙게 묻어나는 시간, 시칸드라의 악바르 묘역은 해질 무렵 풍경이 아름다운 곳이다.

"열차에 몸을 맡기고 끝없이 펼쳐지는 대지를 바라보니, 신기루를 향해서 나아가듯 정신이 아스라해진다. 삶이란 풍경과 함께 지나가는 그리움이거나 잠시 우리 앞에 머물다 사라지는 신기루 같은 것은 아닐까."

— 본문 중에서

5장 카주라호로 가는 기차

하나.
아그라의 아침

아그라에서 새해 첫날을 맞았다. 한 해의 시작이지만, 새롭거나 설레는 감흥이 전혀 느껴지지 않는다. 전날 밤 호텔 지하에서 이루어진 갈라쇼의 여파가 클 것이다. 호텔 투숙객들을 위해 한 해를 마감하고 새해를 맞이하기 위한 축하 공연이라고 하였다. '전통적이거나 민속적인 색채가 담긴 음악이나 민속춤이라도……', 그런 기대에 전혀 부응하지 못한 수준 이하의 조잡하고 왁자지껄한 행사였다. 별도로 지불한 비싼 옵션 비용에 술을 전혀 못하는 나로서는 본전 생각이 간절하다. 요란한 소음을 뒤로하고 숙소로 올라왔으나 오래도록 시끄러운 소리가 끊이질 않는다. 친구는 갈라쇼를 하는 자리에서 마신 술로 잠을 잘 잤다고 한다.

아침 시간에 여유가 있어 주변을 돌아볼 생각으로 숙소 밖으로 나왔다. 숙소 문을 열고 몇 발자국 나서자 조악한 물건을 손에 든 젊은이 둘이 경쟁하듯 내 앞을 막아선다. 그들의 끈질긴 구애를 뒤로하고 간신히 거리로 나왔다. 거리는 매캐하면서 혼탁한 공기로 뒤덮여 있다. 큰 도로뿐만 아니라 건물이나 담장, 골목 등이 낡고 빛바랜 모습이다. 그때 내 옆으로 흰 소 한 마리가 무심히 지나친다. 거리의 풍경과 흰 소의 모습을 사진으로 담고 있는데, 고물 사이클릭샤 한 대가 다시 내 앞을 가로막는다. 거듭 손사래를 치며 사거리를 지나 앞으로 나아가는데, 젊은이 하나가 눈동자를 굴리며 내 앞을 또 막아선다. 복병처럼 등장하는 이런 친구들의 끈질긴 호객 행위로 더이상 앞으로 나아가기가 부담스럽다. 잠시 가던 길을 멈추고 한동안 망연히 서 있었다.

저만큼 앞에서 검은 소 한 마리가 내가 있는 방향으로 다가온다. 검은 소가 걸어오는 거리 저편 위로 크고 붉은 태양이 떠오른다. 대륙이 크니 떠오르는 태양마저도 저렇듯 큰가 하는 생각을 하며 피식 웃었다. 편치 않은 마음으로 어수선한 거리를 돌아보다가 실의에 빠진 어린 양처럼 의기소침해져 숙소로 돌아왔다.

오전 9시 40분경 아그라역을 향해 출발했다. 창밖을 내다보니 꼬마 하나가 엉덩이를 삐뚤빼뚤하며 짧은 다리로 자전거 페달을 밟으며 뒤따라온다. 장난기 가득해 보이는 꼬마를 보니, 어린 시절의 내 모습이 떠올라 웃음이 절로 나온다. 자전거를 타고 따라오는 꼬마 녀석이 어린 시절 내 모습이 되어 계속 뒤를 밟아 오는 듯하다. 오전

10시 무렵 사람들로 문전성시를 이루는 아그라역에 도착하였다. 이
곳에서 다음 목적지인 카주라호역까지 기차로 9시간 정도를 이동해
야 한다.

둘.
아그라역의 풍경

아그라역에 도착하는 순간 동공이 크게 확대되며 시선이 정지
된다. 광장에 넘쳐나는 인파들, 온갖 운송수단과 호객 행위에 정신
없는 사람들, 누더기 복장에 맨발을 한 채 까만 손으로 구걸하는 아
이들, 누추한 차림으로 아이를 업고 구걸하는 앳된 여인의 모습, 사
람들 사이를 용케 뚫고서 땅바닥을 기어다니며 구걸하는 심한 장애
를 가진 사람, 이 모든 게 온통 뒤섞여 역 광장 일대가 어수선하고 혼
잡하기 이를 데 없다. 새해 첫날 아그라역은 피난 행렬로 넘쳐나는
복잡한 국제시장 같다.

　호텔에서 싸 준 도시락 하나씩을 움켜쥐고 발을 내딛지 못할 정도로 혼잡한 사람들 틈을 뚫고 열차 역을 향해서 나아갔다. 누렁이 한 마리가 나타나 앞서가는 친구 도시락에 코를 대고 킁킁거리며 용케도 잘 따라붙는다. 나도 누렁이 뒤를 따라 사람들 사이를 뚫고 필사적으로 나아갔다. 누렁이 녀석이 역사(驛舍) 안까지 끈질기게 따라 붙었으나 끝내 수많은 인파에 묻혀 버린다.

　넘쳐나는 인파 사이를 뚫고 역사(驛舍) 안으로 진입하여 도피하듯 플랫폼 안에 있는 작고 후락한 대합실로 들어갔다. 일행들이 들고 있는 몇몇 도시락에서 누런 액체가 흘러나온다. 넋이 나간 듯 가슴을 졸이며 앉아 있는 일행에게 짐과 도시락을 맡기고 혼잡한 플랫폼으로 나왔다.

　마침 커다란 몸집을 한 시커먼 열차 한 대가 들어온다. 열차가 정차하기도 전에 우르르 쏟아져 내린 승객으로 플랫폼이 온통 뒤범벅이다. 어디서 나타났는지 수많은 잡상인들이 몰려들어 열차를 중심으로 북적이며 활기가 넘친다. 까치발을 들고 바구니를 차창에 갖다 대고 외치기도 하고 손에 든 물건을 흔들면서 이리저리 바삐 움직이기도 한다. 그런 와중에도 은색 짜이통을 열차 손잡이에 걸어놓고 짜이를 파는 젊은이가 있다. 재미있고 기발한 모습에 웃음이 절로 나온다. 정차한 열차가 혼잡한 플랫폼을 한바탕 흔들어 놓고 긴 칸을 뒤에 달고서 서서히 움직이더니, 사람들의 북적거리는 모습만 뒤에 남기고 기차는 흔적도 없이 사라진다.

셋.
카주라호로 가는 기차 안에서

천운인지 얼마 기다리지 않아 우리가 탈 열차가 검고 육중한 몸체를 앞세우고 늠름하게 도착한다. 기차 안으로 올라 B2 1-46좌석을 찾아보았다. 좌석이 열차 천장과 맞닿은 3층으로 어둠침침하고 비좁은 자리다. 바깥 풍경을 내다보기는 영 글렀다. 그렇다고 제대로 앉을 수도 없는 답답한 자리다. 빛이 차단된 옹색한 자리여서 메모를 하거나 책을 볼 수도 없다. 아래 칸에 자리가 비어 있어 일단 그 자리에 앉았다. 바로 앞자리에 몸집이 큰 인도 아주머니가 심하게 코를 골며 자고 있다. 다행히 친구는 창밖을 잘 내다볼 수 있는 아래 칸 자리다.

열차가 혼잡한 플랫폼을 뒤로하고 서서히 움직인다. '카주라호까지 가는 동안 열차에 몸을 맡기고 일정도 되돌아보고 메모라도 하면서 편안하게 차창 밖 풍경을 바라볼 수 있다면 좋을 텐데…….'하는 아쉬움이 있다.

가이드가 지나가 자리의 불편함을 호소니. 잠시 기다려 보라고 한다. 얼마 후 돌아와 자리를 옮기자고 한다. 친구와 짐을 가지고 세 칸 앞으로 더 나아간 다음 자리를 잡았다. 처음 앉았던 자리와는 등급의 차이를 느낄 정도로 열차 칸의 분위기와 자리 역시 다르다. 나는 긴 창문이 있는 침대 자리를 잡았다. 가운데 통로를 커텐으로 가릴 수도 있다. 다리를 쭉 뻗고 누워서 파란 하늘을 바라볼 수 있다. 편안하게 벌판의 풍경을 음미하며 나만의 공간에서 여행할 수 있는 자리다. 절로 흥분되고 기분이 상승한다. 세상에서 가장 편한 자세로 꿈을 꾸듯 기차 밖 풍경 속에 빠져 들었다.

한동안 풍경에 넋을 놓고 있는데, 친구가 점심을 먹자고 한다. 친구 옆자리로 가 도시락통을 여니, 달걀 두 개와 작은 빵 조각 하나,

바나나와 작은 팩 쥬스 하나가 들어있다. 쌀밥에 반찬을 담은 도시락도 있다. 밥이 담긴 도시락에 작은 나무토막이 있어 옆으로 밀쳐놓았다. 밀쳐놓은 도시락을 바라보니, 아그라역에서 구걸하던 누추한 사람들의 모습이 떠오른다. 친구 도시락에 코를 끌며 플랫폼 안까지 따라왔던 순한 누렁이 모습도 생각난다.

따끈한 커피에 비스킷을 곁들이며 담소를 나누는 내내 창밖으로 노란 유채꽃이 들판이 쉬지 않고 지나간다. 노란 유채꽃이 넘실거리는 지평선을 넋을 놓고 바라보고 있으려니, 온갖 쓰레기와 스모그로 넘쳐나는 아그라 시내와 누추한 외곽 지역, 복잡한 거리와 심란한 골목, 혼잡한 플랫폼이 옛일처럼 느껴진다. 객차와 객차 사이에서 잠시 몸을 푼 후, 다시 내 자리로 돌아왔다.

'지상에서 가장 아름다운 시간을 마음껏 누려봐야지!'

오후의 햇살이 들판 위로 무한정 쏟아져 내리고, 아득한 벌판이 지평선을 따라 쉬임없이 펼쳐진다. 노란 물감을 뿌린 듯 가도 가도 온통 노란 유채밭이다. 노란 융단 위에 자수를 넣은 듯 드문드문 마을과 벌판의 나무가 보이고, 손금 같은 물길이 지나간다. 누운 채로 하늘을 올려다보니, 황금빛 양탄자를 타고 하늘 위를 마음껏 날아다니는 것 같다. 마법의 양탄자가 된 열차가 나를 어디로 데려가고 있는가. 열차에 몸을 맡기고 끝없이 펼쳐지는 벌판을 바라보니, 신기루를 향해서 나아가듯 정신이 아스라해진다.

삶이란 풍경과 함께 지나가는 그리움이거나 잠시 우리 앞에 머

물다 사라지는 신기루 같은 것은 아닐까. 뜻밖의 호사(好事)를 혼자서 누리다니 아쉽기도 하고 정신이 혼곤해지기도 한다.

갑자기 '투두둑!' 소리가 나며, 육중한 무언가가 내려온다. 깜짝 놀라 나도 모르게 커텐을 젖혔다. 초코색 피부에 젊고 건강한 아가씨가 위에서 내려와 내 자리 밑으로 손을 집어넣어 짐가방을 꺼낸다.

꿈속을 날아다니듯 몽상에 빠졌다가 정신을 수습하고 휴대폰을 꺼내 지도를 살펴보니, 아그라를 떠난 열차가 도흘푸르(Dholpur)와 모레나(morena)를 거쳐, 지도 위의 푸른 점을 따라 괄리오르(Gwalior)를 지나 곧 잔시역에 도착한다.

짐가방을 꺼낸 아가씨와 눈이 마주쳐 손을 흔들어 주니, '바이! 바이!'하며 손을 흔들어준다. 부채살같이 환한 미소에 깊고 그윽한 눈을 한 밝은 아가씨다. 등푸른 생선같이 싱싱한 아가씨의 뒷모습을 바라보니, 무표정한 모습으로 긴 그림자처럼 길을 걷던 아낙들의 모습이 교차된다. 외국인을 비롯해 수많은 승객들로 북적거리는 잔시(Jhansi)역이다.

인도는 서구 열강들이 각축전을 벌인 식민지 쟁탈지였다. 잔시역시 영국의 인도 식민지 지배가 남긴 무자비하고도 비참한 역사를 생생하게 보여주는 현장이다. 저 멀리 들판 너머 이민족의 말발굽소리가 대평원을 가로질러 달려오는 듯하다.

'괄리오르(Gwalior)!'
'잔시(Jhansi)!'
'라니 락슈미바이(Rani Lakshmibai)!'

하나씩 심호흡하듯 되뇌어 본다.

넷.
잔시의 여왕 락슈미바이

잔시(Jhansi)에는 19세기 영국의 식민지정책에 항거, 인도의 독립전쟁을 이끈 여성 독립운동가 락슈미바이(Lakshmibai, 1828.11.19.-1858.6.17.)가 있다. 락슈미바이는 4살 무렵 어머니를 잃고 아버지의 손에 자란다. 잔시 왕국 궁정에서 일을 한 그녀의 아버지는 락슈미바이를 한낱 여자아이로 양육하지 않고, 어린 시절부터 호신술과 승마, 활쏘기와 군대 조직술 등을 배우게 한다. 그녀는

14세에 잔시왕과 결혼하여 마라타 동맹의 토후국 중 하나인 잔시의 왕비가 된다.

당시 인도는 허수아비 왕조로 전락한 무굴제국이 동인도회사의 간섭을 받는 작고 힘없는 토후국들로 분열되어 있었다. 영국 정부의 지원을 받으며 실제로 인도를 통치하고 있었던 동인도회사는 후계자가 없는 토후국을 표적 삼아 강제병합시키는 상황이었다. 락슈미바이는 열일곱 살에 후계자를 낳았지만, 일찍 아이를 잃게 된다. 양자를 들이지만 동인도회사는 그를 후계자로 인정하지 않는다. 2년 뒤 남편인 잔시 왕마저 죽자 동인도회사는 잔시 왕국을 직할령으로 만든다. 영국은 동인도회사를 설립하여 어떻게 지배하고 착취할 것인가에만 몰두하였다. 이런 동인도회사는 그 내부로부터 많은 문제점을 가지고 있었고, 이는 식민지화 정책에서도 고스란히 드러난다.

1857년 영국 동인도회사의 인도인 용병인 세포이 봉기를 시발로 인도 전역에 독립전쟁이 벌어지게 된다. 잔시(Jhansi) 주둔 영국군들은 이런 세포이의 반란을 진압하기 위해 잔시를 떠나게 된다. 락슈미바이는 여왕을 뜻하는 '라니(Rani)'라는 말을 이름 앞에 붙이고 잔시를 통치하는 한편 신속하게 군대를 조직하여 반영(反英) 항쟁에 적극적으로 참여한다. 인도 독립전쟁의 한가운데 '인도의 잔다르크'라고 불리는 '잔시의 여왕 락슈미바이'가 있었다.

1858년 휴 로즈가 이끄는 영국군이 막강한 화력을 앞세워 잔시를 점령하자 락슈미바이는 인도 북부에서 독립운동을 이끌던 세포이 세력 탄트야 포트와 연합, 야무나강 남쪽 일대를 차지하는 등 많은 전과를 거두며 영국군 사이에 이름을 알린다.

락슈미바이는 말을 몰아 괄리오르(Gwalior)를 급습해 중요한 요새를 점거하는데, 락슈미바이의 급습에 놀란 영국군은 대규모의 군대를 파견한다. 앞장 서서 군대를 지휘하던 락슈미바이는 같은 해 6월 17일, 괄리오르 전투에서 영국군과 싸우다가, 총탄에 맞아 장렬하게 전사한다.

락슈미바이가 죽자 수많은 인도인들은 그녀의 죽음을 받아들이지 않는다. 그녀가 어딘가에 살아 있으며 다시 군대를 지휘해 자신들을 구하러 올 것이라고 믿는다. 적군이었던 영국군 장군 휴 로즈도 그녀를, "놀랄만한 미와 지성과 인내의 여인", "모든 반란군 중 가장 위대한 인물"이라고 평가한다.

락슈미바이는 19세기 인도에서 여성의 권리에 대해 매우 앞선 생각을 가지고 있었으며, 담대함과 용기, 지혜를 가진 여성으로, 인도 독립운동의 상징으로 추앙받고 있다. 인도에는 락슈미바이를 기리는 동상이 세워져 있으며, 독립 후, 인도군의 창설 시 첫 여성군대의 명칭으로 그녀의 이름을 빌렸다.

인도의 여성독립운동가 락슈미바이(Lakshmibai)를 다룬 영화 ≪워리어 퀸 오브 잔시(Warrior Queen of Jhansi)≫가 2019년에 개봉되기도 하였다. 잔시역을 향하여 당당하게 걸어 나가는 젊고 건강한 인도 아가씨의 뒷모습을 바라보며, '괄리오르의 전투'에서 치열하게 싸웠던 용기있는 여인, '잔시의 여왕 락슈미바이'를 떠올려 보았다.

다섯.
다시 풍경 속으로

잠시 역에서 한참을 멈춰 섰던 기차가 다시 움직인다. 조금 지나니 들판 사이로 긴 강물이 나타난다. 건널목을 지나칠 때는 차단기 앞에서 차량과 오토바이를 탄 사람들이 옹기종기 대기하고 있다. 그럴 때마다 기차는 연신 기적을 울려댄다. 철길 옆 들판 사이로 작고 긴 길이 나 있고, 철길 옆에서 불을 피워 놓고 있는 사람들도 더러 보인다. 어떤 역에서는 아주 느리게 통과하였고, 어떤 역은 담장이 없어 길 가던 사람들이 그냥 플랫폼으로 뛰어오르기도 한다. 열차를 운행하는 모습이 예전 우리의 완행열차를 많이 닮았다.

다시 기차가 끝없이 펼쳐지는 풍경을 향해서 나아가고 있다. 그저 아름다운 풍경 속에 풍덩 빠진 채, 넋을 놓고 있었다.

'산 그림자 하나 볼 수 없는 벌판을 마음껏 완상할 수 있다니……'

오후 다섯 시 반을 넘어가니, 먼발치로부터 들판의 풍경이 진한 회색빛으로 잠기어 간다. 하루 해를 재촉하듯 기차가 연신 경적을 울려댄다. 어둠이 내리는 건널목에서 차량 몇 대가 헤드라이트를 켜고 멈춰서 있다. 오후 여섯 시를 넘어가니, 검은 휘장을 두르듯 어둠이 기차를 감싼다. 두 다리를 쭉 뻗고 누운 채, 별을 헤아리듯 마음에 기대어 본다.

'나는 지금 어디로 가고 있는가!'

거친 기차 소리와 함께 세상이 먹물에 잠기듯 어둠 속으로 빠져
든다. 밤 아홉 시가 넘어서야 카주라호역에 도착하였다. 어둠과 짙
은 안개에 갇혀 있는 철길과 역사(驛舍), 이를 비춰주는 희부연 불빛
과 역 주변의 풍경이 흑백영화 속의 한 장면이다.

새해 첫날 아름다운 들판의 풍경과 꿈같은 하루를 보낼 수 있었
다. 아그라에서 카주라호까지 기차 여행은 나에게 커다란 행운이었
다. 내가 인도를 다시 찾게 된다면 오늘 같은 인생의 봄날을 만끽하
고 싶어서일 것이다.

안개 속의 카주라호

"돌 하나마다 그 형상이 잘 드러나게 조각된 석상을 바라볼수록 그 발상이나 솜씨가 참으로 천연덕스럽고 놀랄만하다. 황홀하면서도 유쾌한 모습으로 재현해 놓은 조각상들은 차갑게 절제된 타지마할과 달리 이 거대한 사원을 관능적인 쾌락으로 흘러넘치게 한다."

── 본문 중에서

6장 **안개 속의 카주라호**

하나.

카주라호 사원으로 가는 길

이른 아침 숙소 밖으로 나오니, 주변이 온통 안개뿐이다. 숙소 앞으로 난 길만이 안개 속에 가물거린다. 저만큼 앞에서 다가오는 차는 보이지 않고, 차량의 불빛만이 이곳을 향해서 다가온다. 두 해 전 가을, 자전거로 남도 여행을 하다가 이른 아침 순창을 떠나면서 맞이한 지독한 안개 이후 다시 대하는 가늠할 수 없는 짙은 안개다.

지난밤 도착 당시에도 카주라호역 주변에 안개가 자욱하였다. 늦은 밤 소박한 역사를 빠져나와 숙소로 향하면서 보았던 밤안개 속의 카주라호는 아담한 소읍이었다. 그런 카주라호 숙소 주변이라도 천천히 돌아보려고 나왔지만, 바로 앞을 분간하기 어려울 만큼 짙은 안개다.

사원으로 가는 길 역시 몇 걸음 앞서가는 사람도 그 형체만 겨우 알아볼 정도로 짙은 안개에 휩싸여 있다. 사원으로 가는 입구 왼편 다리 아래로 어렴풋이 보이는 작은 저수지가 있어 저수지 풍경을 사진으로 찍었지만, 안개로 인하여 그 형체가 제대로 나오지 않는다. 이른 아침이어서 문을 연 가게가 없으나 오른편으로 형성된 상가 이층에 '전라도 밥집'이라는 네모난 음식점 간판이 안개 속에 어렴풋이 보인다. 정겨운 마음과 호기심으로 가까이 다가가 보니, 간판 아래 검정 글씨로 '닭도리탕, 떡볶이, 신라면, 김치 · 된장찌개'라고 소박하게 쓴 메뉴가 보인다. 그 사이 앞서 걷던 사람들이 금세 안개 속으로 사라졌다.

지상이 온통 안개뿐이니 모든 것이 그림자처럼 보이고, 짙은 안개 속 사원의 풍경이 몽환적인 분위기를 자아낸다.

둘.
아침 안개 속에 카주라호 사원

이른 아침 안개 속에 잠긴 사원은 고요하다. 고요한 분위기를 차분하게 다독이듯 실비까지 내린다. 사원 안으로 들어서자 바로 왼편 작은 사원에 코와 주둥이가 크고 둔중한 멧돼지 조각상이 보인다. 멧돼지 다리 사이에 커다란 뱀 한 마리가 놓여 있다. 바라하사원(Varaha temple)으로 몸은 코뿔소처럼 두툼한 갑옷을 걸치고 있으며, 온몸에 수많은 신들을 조각해 놓았다.

바라하는 힌두교의 3대 신 비슈누 신의 3번째 화신으로 거대한 멧돼지 형상을 취하고 있다. 악마가 육지를 바다 밑바닥까지 끌고 들어가자, 비슈누는 육지를 구하기 위해 거대한 멧돼지로 변한다. 바라하(Varaha, 거대한 멧돼지)는 바닷 속으로 들어가 천 년을 싸운 끝에 악마를 물리치고, 그의 커다란 앞니로 육지를 끌어올린다.

수많은 사원의 유물과 유적뿐만 아니라 어디를 가나 종교적 에너지가 넘치는 인도, 이곳 카주라호 사원들 역시 독특한 힌두 양식의 건물로 신화적인 공간으로 재현되어 있다.

바로 맞은 편에 비슈누(Vishmu) 신의 부인인 락슈마나(Lakshmana) 여신을 모신 사원이 있다. 락슈마나 사원은 주 건물을 중심으로 네 개의 작은 사당이 배치되어 있는데, 본전과 화려하게 부조된 형태로 위를 향해 치솟아 오른 높은 첨탑이 있다.

일행은 이미 사원 안으로 모두 들어가 있는지 아무도 보이지 않

는다. 힌두교 신자들은 사원 안으로 들어가기 전에 건물 주변을 여러 번 돈다고 한다. 나도 착 가라앉은 사원 주변의 풍경을 바라보기도 하고, 실비 내리는 사원 외벽의 조각상을 올려다 보며 사원 밖을 돌아보았다.

사원 외벽에는 왕실 행렬과 군악대를 동반한 말, 코끼리를 타고 행군하는 조각상, 왕 앞에서 춤을 추는 아이, 전사와 연주하는 음악가, 멧돼지와 염소 같은 동물, 신화 속의 동물 등 당시의 인도의 생활상을 엿볼 수 있는 수많은 조각상이 부조(浮彫)되어 있다.

그중에서도 락슈마나(954년 건립) 사원과 사원 건축술이 절정에 달했을 때인 11세기 중엽에 세워진 칸다리야 마하데브(Kandariya Mahadev)사원에는 온통 남녀의 성행위를 표현한 작품들로 온통 뒤덮여 있다. 에로틱한 미투나(Mithuna)상 즉 남녀교합상으로 '미투나(Mithuna)'는 산스크리트어로 '한 쌍의 남녀', 더 나아가 '성적 결합'을 의미한다.

거대한 사원에 층층이 그것도 빽빽하게 부조된 조각상들을 자세히 들여다볼수록 그 정교함과 묘사력 그리고 표현 방법이 참으로 사실적이다. 벌거벗은 수많은 남녀들이 성의 향연을 벌이고 있는데, 남녀가 할 수 있는 온갖 체위의 성행위 모습을 적나라하게 조각해 놓았다. 돌 하나마다 그 형상이 잘 드러나게 조각된 석상을 바라볼수록 그 발상이나 솜씨가 참으로 천연덕스럽고 놀랄만하다. 황홀하면서도 유쾌한 모습으로 재현해 놓은 조각상들은 차갑게 절제된 타지마할과 달리 이 거대한 사원을 관능적인 쾌락으로 흘러넘치게 한다.

등나무처럼 서로 뒤엉킨 채 앞뒤와 좌우에서 이루어지는 남녀
교합상에, 터질 듯 풍만한 가슴과 잘록하면서도 농염한 허리를 가
진 여인이 두 팔과 두 다리로 건장한 사내를 휘감고 성애에 몰두하
고 있는 모습, 억센 근육으로 여인을 끌어안고 있는 남성과 남성을
타고 앉아 있는 여성의 모습, 좌우 두 여인의 부축을 받으며 양팔을
벌리고 있는 여성이 누워 있는 남성을 타고 앉아 있으며, 누워 있는
남성이 좌우에서 부축하고 있는 두 여성의 성기를 쓰다듬고 있는 모
습, 턱수염이 무성한 사내의 남근을 어루만지는 여인, 사내의 듬직
한 남근을 입으로 탐하는 여인, 그러한 남근을 받쳐 들고 삽입을 시
도하는 사내, 상체를 숙인 채 바닥을 손으로 짚고 엉덩이를 하늘로
치켜들고 남근을 받아들이는 여인, 후위의 남자를 받아들인 채 사내

의 듬직한 남근을 움켜쥐고 입으로 가져가는 여인 등등 그들의 갈망은 끝이 없어 보인다. 그중 턱수염이 무성한 사내가 조랑말을 범하는 장면을 묘사해 놓은 조각도 있다.

이처럼 남녀가 할 수 있는 온갖 체위로 교합하고 있는 에로틱 조각상들은 인간의 원초적이고 본능적인 성에 대한 궁금증을 적나라하게 묘사해 놓았다. 이들 미투나상이 내뿜는 관능적 체취는 다른 어떤 감정도 쉽게 허용하지 않는다.

달빛 푸른 밤 인적 없는 비밀 정원에 수천의 나신들이 숨어들어 사랑의 열락(悅樂)에 빠진 게 틀림없다. 현실에서 잘 용납되지 않는 적나라한 표현을 통해 인간의 유한한 욕구를 넘어서기 위한 부단한 시도와 노력, 그런 즐거움과 쾌락을 누리려 했으리라. 삶이란 온갖 예술의 혼합물일 수밖에 없음을 웅변적으로 보여준다. 성적(性的)으로 폐쇄된 사회적 분위기 속에서 살아온 사람들은 에로틱 조각상들을 정면으로 응시하기에는 민망함이 클 것이다.

이들 종교적 건축물에 새겨진 에로틱 조각상의 의미와 목적에 대해 끊임없는 논쟁을 불러일으키겠지만, 어느 시대를 막론하고 첨예하면서도 핵심적인 관심사인 성의 문제는 현대인들 역시 여전히 흥미로운 주제일 수밖에 없다. 인간은 성에 의해서 태어나고, 성을 통해 자신을 복제해 가는 피조물이니, 인간의 삶과 예술 안에는 성(性) 의식이 깊이 스며들 수밖에.

적나라한 사랑의 모습을 석상에 새겨 사람들의 관음증을 충족시

켜주고 있으니, 성에 대한 시시비비나 도덕률 같은 것은 잠시 뒤로 하고, 충만하면서도 관능적 열정을 표현한 자유분방한 성(性)의 세계에 푹 빠져보는 것도 좋으리라.

어차피 세상은 남녀의 성적에너지가 결합하여 만들어졌으며, 세상의 모든 것이 남녀의 합일에서 시작한다고 믿는 힌두의 염원을 반영한 것이리라. 그러니 카주라호 사원의 에로틱한 조각상 역시 사랑에 대한 염원과 그 필요성을 역설하고 있는지도 모른다.

힌두교에서 신들의 이야기는 인간의 삶을 많이 닮았다. 어찌 보면 신의 방종과 일탈을 표현한 예술작품을 통해 인간이 품고 있는 욕망을 실현하고자 했는지 모른다. 인간이 되고 싶은 신과 신이 되고 싶은 인간이 서로 공모하여 그들의 자유롭고 분방한 욕망을 적나라하게 보여준 셈이다. 이 독특한 조각상들은 인간의 욕망을 뛰어넘어 신화에 생명을 불어넣고, 더 나아가 예술적인 형상화를 통해 천년을 뛰어넘어 생생하게 살아 숨 쉬고 있다.

간디는 사원 벽면에 묘사된 노골적인 성행위 조각상을 보고, '카주라호의 모든 사원을 다 없애 버리고 싶다'고 했다지만, 카주라호 사원은 석상의 정교함과 화려함 등 그 예술성을 인정받아 유네스코 세계문화 유산으로 등재되어 있다.

셋.
사랑의 지침서 카마수트라

굽타 시대(320~550년) 때 쓴 사랑의 지침서인『카마수트라(Kama Sūtra)』가 있다. 카주라호 사원의 일련의 에로틱 석상들은 카마수트라에서 빌려왔다고 할 수 있다. 카마수트라는 인도 최초의 에로스 교본으로 B.C 4세기 무렵부터 수정, 보완된 성에 관련된 문헌이다.

'카마(Kama)'는 산스크리스트어로 '사랑, 성애'를 뜻하고, '수트라(Sutra)'는 '규범, 교법' 또는 '경전(설명서)'을 뜻한다. 이 책은 에로틱한 사랑에 관한 힌두 문헌 중 지금까지 남아 있는 최고의 자료로 인간의 성과 삶에 관한 지침서일 뿐만 아니라 성 연구의 기초가 되는 저작으로 그 권위를 인정받고 있다.

굽타왕조는 종교가 공존하는 시대이자 문학과 예술이 발달한 시대였다. 인도 문학의 기원이자 대표작이라는『라마야나』나『마하바라타』가 있고, 특히 애욕의 경전인『카마수트라(Kama Sūtra)』는 섹스만이 아니라 문학과 예술에 불가결한 감정인 라사(Rasa, 인도 미학에서 맛, 풍미, 정서, 정감 등을 나타냄)에 통하는 미적 감정으로서 에로티시즘을 보여준다.

이 경전은 산스크리트어 작품뿐만 아니라 각지의 방언으로 된 에로틱한 시에 이르기까지 인도 문학에도 깊은 영향을 끼친다. 힌두교의 모범적인 신자이자 작가인 칼리다사의『쿠마라삼바바』의 에로티시즘이 좋은 예이다. 특히 12세기 자야데바의『기타 고빈다(Gita Govinda)』에는 인간의 사랑에 대한 예술적 찬양을 시의 형식을 빌어 잘 표현하고 있다.

인도 예술에서 에로티시즘은 종교적인 작품이든, 세속적인 작품이든 마찬가지로 핵심적인 역할을 해왔다. 인도인의 삶과 사랑을 말할 때 빼놓을 수 없는 카마수트라는 카주라호의 텍스트가 되었을 뿐만 아니라 천 년이 지난 오늘날까지 많은 상상력을 불러일으키고 있다.

신성해야 할 사원에 왜 적나라한 성행위가 조각되었는지 그 이유에 대한 추측이 많지만, 찬델라 왕조의 부흥기와 비슷한 8세기에서 12세기까지 성행한 탄트리즘(Tantrism)의 영향을 받은 것으로 본다. 예컨대 남녀의 영원한 포옹으로 묘사된 육체는 '둘이 곧 하나'인 감각적인 행복과 함께 정신적인 행복의 최고 형태를 상징한다. 즉 성적인 에너지를 이용하여 남녀가 결합하고, 시간과 공간이 사라진 그 절정의 상태에서 자의식과 우주의식이 하나가 되고, 절대와 상대가 하나가 되는 해탈의 경지에 이르는 행위를 표현한 것이라고 본다.

이처럼 힌두교에서는 성적인 에너지마저도 신성한 것으로 간주하고 있다. 남녀의 아름다운 육체의 재현을 통해 그것을 상징적으로 보여주는 힌두교의 신앙이 반영되었다고 할 수 있다. 카주라호의 거대한 신전의 벽면을 화려하게 장식한 성적 이미지들은 인간의 상상 속에서나 가능한 성애의 모습과 인간의 충만한 애정 표현으로 보아도 좋을 것이다.

욕망이란 일정 부분 자신의 자아와 자유를 확대시킬 수 있을지 모르지만, 끊임없이 재생산되기에 끝내는 우리를 얽어매거나 속박하게 된다. 어떻게 하면 일체의 욕망에서 벗어날 수 있을까. 인간에게 그러한 일이 가능할까! 과연 진정한 열반이나 해탈을 실현할 수 있을까! 여전히 카주라호의 종교적 건축물에 새겨진 에로틱 석상들은 끊임없는 논쟁과 더불어 수많은 은유와 상상을 불러일으킨다.

넷.
석상의 노래

"거참!"
가만히 들어보니, 인도 가이드가 시원찮은 발음으로 침을 튀기듯 설명을 하는 말이 참으로 우습다. 연신 '성기를 한다'고 말하길래 손을 치켜들고, 큰 소리로 "성기를 한다"가 아니라 "성·교·를·한·다."로 교정해주니, 인도 가이드가 또박또박 "썽·꾜·를·한·따."라고 하여 모두가 크게 웃었다. 나도 사람들 틈에 끼어 옆에서 설명을 듣기도 하고, 혼자 떨어져 깊은 포옹과 온갖 체위로 교합하는 미투나상을 물끄러미 바라보며 카메라에 담기도 하였다. 눈을 감아도 선연(鮮然)하게 떠오르는 온갖 에로티시즘의 모습들, 에로틱의 절정을 이루는 조각들이 렌즈 안으로 깊이 빨려 들어간다.

사원 곳곳을 돌아보는 사이 안개가 걷히고 가랑비도 멈췄다. 젖은 사원과 촉촉한 조각상들, 촉촉한 돌바닥과 돌계단, 녹색의 잔디와 공원 주변의 초록빛 나무들이 선명한 모습으로 시야에 들어온다.

카주라호는 한적하고 외진 소읍이다. 이른 아침 외진 시골 사원에서 벌어지고 있는 사랑의 향연이 사람들의 마음을 혼란스럽게 한다. 마치 조금 전까지 짙은 안개에 갇혀 방향을 잃은 채 사원을 배회한 것 같기도 하고, 이제 막 춘몽에서 깨어난 듯하다.

신화 역시 인간의 몽상적인 꿈의 일환일 것이다. 꿈이란 때로 현실을 벗어나 훨씬 우월한 지위를 점유하기도 한다. 꿈은 안개와 같아서 깨어나면 흔적도 없이 사라진다. 그렇다고 현실처럼 우리를 짓누르거나 억압하지도 않는다. 그런 꿈을 통해 다양한 욕망과 삶의 기쁨을 끌어낼 수도 있으리라.

소중한 목숨을 버릴 만큼
나를 사랑해줄 사람은 누구일까.
나를 위해 누군가 한 사람 바닷물에 익사한다면
나는 돌에서 해방되어
생명체로, 생명체로 되살아나는 것이다.

이렇게 나는 끓어오르는 피를 그리워한다.
그러나 돌은 너무나 조용하기만 하다.

나는 생명을 꿈꾼다. 생명은 참으로 좋은 것이다.

나를 잠 깨워줄 수 있을 만큼 강한

용기를 가진 자는 아무도 없는가.

그러나 언젠가, 나에게 가장 귀중한 것을 주는

생명으로 내가 다시 되살아난다면……

그때 나는 혼자 울리라.

내가 버린 돌을 생각하며 울리라.

나의 피가 포도주처럼 익는다 하더라도

그것이 무슨 소용이 있으랴.

누구보다도 나를 사랑하던 사람 하나를

바닷물 속에서 불러낼 수 없는 것을.

　　　　　— 라이나 마리아 릴케, 「석상의 노래」 중에서

　이른 아침 서늘한 기운이 감도는 안개 자욱한 사원을 미로 속을 걷듯 돌아보았다. 만약 달빛이 쏟아지는 깊고 푸른 밤에 사원을 바라본다면 사원은 어떤 모습으로 다가올까! 찬란한 아침 햇살을 받으며 빛을 발하는 사원의 모습을 바라본다면 또 어떤 모습일까! 무한히 중첩되는 아름다움과 그때마다 다른 미적인 느낌이나 분위기, 서로 다른 감흥은 어떻게 전해질까!

　한때는 번성했던 한 왕조의 수도이기도 했던 카주라호, 이제는 나무만이 무성한 외진 소읍으로 변해 있다. 자전거를 타고 한적한 풍경을 돌아보기도 하고 하릴없이 소일하며 며칠을 더 머무르고 싶다.

7장

길 위의 풍경
—바라나시로 가는 길

"나의 여정과 우리들의 이야기도 강물과 함께 수런수런 이야
기를 나누며 이곳에 잠시 머무르고 있으리라. 흐르던 강이 서로
만나고 섞이듯 우리들의 시간도 흐르는 강물처럼 다시 만나고
섞이기도 할 것이다."

— 본문 중에서

하나.
고개를 넘고 들판을 달리다

이른 아침 안개 속의 카주라호 사원을 돌아본 후, 근처에 있는 대
표적 자이나교 사원인 하얀 건물의 파라슈바나트를 더 돌아보았다.
그 사이 안개가 걷히고 더없이 화창한 날씨로 탈바꿈하였다. 태양이
베일을 벗고 본격 찬란한 햇살을 투사하기 시작한다. 오전 9시를 좀
넘은 시각, 바라나시를 향해 출발한다.

카주라호 인근은 온통 평지로 민가나 사람들이 별로 보이지 않
아 더없이 한적하다. 파란 하늘이 참으로 좋은 화창한 날씨로 평화
로운 들판의 풍경이 이어진다. 이곳에서 바라나시까지는 400km 남
짓 되며, 대략 12시간 정도를 달려가야 한다. 화사한 햇살이 쏟아지
는 차창밖 풍경을 내다보며 여행하기에 더없이 좋은 날이다.

카주라호를 떠나 40여 분을 달려가니, 크고 우람한 산이 울창한 숲을 이루며 우리 앞을 가로막는다. 판나 국립공원(panna national park) 산길로 한계령 옛길을 넘어가듯 구불구불 수없이 꺾어 돌기를 거듭하며 힘겹게 오르는 고갯길이다. 포장도 제대로 되지 않은 열악한 산길을 부단히 돌고 돌면서 오르기를 거듭한다. 무성한 야생의 숲 사이로 원숭이들이 뛰노는 모습이 보인다. 도중에 민가나 작은 쉼터 하나 보이지 않는 험준한 고개다. 때로는 거의 180도 가까이 꺾어돌며, 마주 오는 차를 아슬아슬 비켜나기도 한다. 내려갈 때 역시 곡예를 하듯 심한 커브 길을 돌고 돌아 힘들게 산길을 내려간다. 깊고 울창한 정글에서 벗어나듯 험난한 산길을 가까스로 빠져나왔다.

마침내 길 양옆으로 넓은 벌판이 펼쳐지고, 버스가 들판과 들판 사이로 난 평탄한 길을 미끄러지듯 달려간다. 들판 위의 마을과 들판에서 일하는 사람들의 모습이 눈에 들어온다. 마을 길을 따라 길 양옆으로 가로수가 일정한 간격으로 서 있고, 빨간 옷차림의 젊은 여자와 파란색 차림의 건장한 남자가 한가롭게 걸어오는 모습이 풋풋하고 싱그럽다. 산 하나 보이지 않는 광활한 벌판이 계속 이어진다. 마을과 마을을 지나고 벌판 사이로 난 길을 계속 달렸다.

둘.
한적한 시골 마을의 아이들

길가 한적한 마을 앞 작은 가게 앞에 차를 세운다. 가게 옆 낮은

담장 위에 비슷한 또래의 꼬마 남자아이들 일곱 명이 나란히 앉아 있다. 바로 옆으로는 검정 바지에 맨드라미 같은 붉은 스웨터를 입은 어린 여자아이가 파란색 칠을 한 가게 벽에 기대고 서 있다. 가게 한가운데 유대교 랍비처럼 뚜껑 모자에 긴 턱수염을 달고 있는 건장한 풍채의 노인이 입술을 꼭 다문 채 마을의 수호신처럼 턱 버티고 서 있다. 가게 앞에는 파라솔이 설치된 작은 테이블 하나가 놓여 있다. 파라솔 아래 둘러앉아 생강과 계피 냄새가 강한 달달한 짜이에 비스킷과 과자를 곁들여 먹었다.

갑자기 출현한 이방인들이 신기했던지 아이들이 호기심 어린 눈빛으로 우리에게서 눈길을 떼지 못한다. 천진한 웃음과 장난기가 가득한 아이들의 눈빛이 밝은 햇살을 닮았다. 수줍어하는 아이들의 머리를 쓸어주며 비스킷과 과자를 나누어 주었다. 네 명의 아이는 맨발에 쪼리를 신었고, 세 명의 아이는 그냥 맨발이다. 빨간색 상의에 빨간 모자를 쓴 가운데 앉은 아이는 앞니 두 개가 빠졌다. 아이들만이 옹기종기 담벼락 위에 걸터앉아 마을을 지키고 있는 한가롭고 평화로운 마을이다.

길 맞은편에 작두 펌프 하나가 눈에 들어온다. 펌프가 있는 곳으로 걸어가려고 하는데, 빨강과 파란색 털실로 짠 긴 옷을 두른 튼실한 여인이 다가와 펌프질을 한다. 하얀 물줄기가 시원하게 쏟아져 내린다. 옷이 물에 젖는 것에도 전혀 개의치 않고 어깨와 다리를 많이 드러내 놓고 한참을 씻는다. 오랜만에 펌프질하는 여인의 모습을 보니 정겹기도 하고 감회가 새롭다. 여인이 떠난 후, 나도 작두 펌프로 다가가 신나게 펌프질을 해 보았다. 하얀 물줄기가 폭포수처럼 시원하게 쏟아져 내린다.

셋.
길가의 작은 휴게소

밝은 햇살이 내려오는 한가로운 시골 마을을 뒤로하고 버스가 달린다. 마을과 마을, 소읍을 지나기도 하고 간혹 메마르고 황량한 벌판을 지나치기도 한다. 사람들이 북적이는 한 소읍에서는 수많은 전선줄이 전봇대 몇 개에 의지해 길옆 가게와 집을 향해 얽기설기 연결되어 있다. 온갖 쓰레기로 넘쳐나는 거리에는 자전거, 오토바이, 사이클 릭샤와 작은 트럭 등이 아무렇게나 놓여 있다. 어쩌다 잡목 사이로 하천이 보이고, 하천을 따라 나무가 무성한 구릉을 지나치기도 한다.

들판을 지나 아타라(Atara)를 얼마간 벗어난 지점에 있는 작고 소박한 휴게소 앞 공터에 차를 세운다. 휴게소는 빨간 슬레이트 지붕을 한 단층 건물로 옆으로 길게 만들어 가운데 공간을 크게 확보하였다. 휴게소 안으로 들어가 몇 개의 음식을 시켜 숙소에서 마련해 준 점심 도시락과 함께 먹었다.

식사 후 따끈한 커피 잔을 들고, 휴게소 뒤편으로 갔다. 허름한 휴게소 뒤편으로 끝없이 펼쳐진 벌판을 보기 위해서다. 저만큼 앞에 외딴집 한 채가 보인다. 하얀 햇살만이 무한정 쏟아져 내리는 벌판의 풍경을 넋을 놓은 채 바라보았다. 끝없는 벌판 위로 하얗게 쏟아지는 햇살이 그저 무료하기만 하다.

망연히 서서 들판의 풍경을 바라보는데, 한 여인이 외딴집을 나와 들판으로 난 길을 따라 걸어나오고 있다. 들판 위의 작은 집 한 채, 들판 사이로 난 길, 그 길을 따라 무심한 듯 걷고 있는 여인의 모습, 끝없는 벌판을 화폭 삼아 한낮의 풍경을 바라보았다.

휴게소 옆 주유소에 일가족이 탄 삼륜차 한 대가 들어와 기름을 채운다. 머리에 히잡을 두른 여인이 동그란 눈을 가진 귀여운 사내아이를 안고 있다. 그 옆을 지나다 꼬마를 보고 손을 흔들어 주니, 여인이 선한 미소를 지으며 주저함 없이 내 품에 아이를 안겨 준다. 마치 암베르 성 위에서 안아 줬던 그 아이를 다시 만난 듯 반갑다. 아이를 품에 안고 볼을 살짝 대니, 부드러운 감촉과 은은한 아이 향기가 전해진다. 여인이 아이를 안고 있는 내 모습을 직접 사진으로 담아 준다. 자기 아이를 기꺼이 내 품으로 내어주는 여인의 인정 어린 마음이 정겹게 다가온다. 화려하게 치장을 한 검고 그윽한 눈빛을 가진 여인과 서로 미소를 주고받으며 눈인사를 나누었다. 친구가 이런 내 모습을 보더니, 현지인과 모습이 비슷해 동질감을 많이 느끼는 모양이라며 빙긋이 웃는다. 북인도에서 만난 사람들이나 차창 밖으로 보이는 사람들을 보면, 많은 여인들이 히잡을 하고 있고, 남자들 역시 무슬림 복색을 한 사람들이 많다.

넷.
알라하바드에서 바라본 갠지스강

버스가 길가 작은 휴게소를 출발하여 평탄한 지방도로를 따라
크고 작은 읍을 지난다. 들판 위로 펼쳐진 마을과 마을의 풍경을 바
라보며 35번 국도를 따라 바라나시를 향해 달려간다. 동네 아이들이
나와 마을의 큰 나무 아래 공터에서 크리켓을 하고 있는 모습이 보
인다. 아그라 외곽 지역을 돌아볼 때도 동네 어귀에서 남자아이들이
크리켓을 하는 장면을 목격하였다. 길 위를 걷는 중년 사내 하나가
팔짱을 낀 채 팔자걸음으로 앞서서 걷고, 머리 위에 묵직한 짐을 인
아낙과 빨간 스웨터를 입은 어린 소녀가 뒤따라 신작로를 걷고 있
다.

오후 5시 무렵 버스가 철길이 지나가는 지방 도시 재스라를 지나
친다. 하늘이 붉게 물들고 있었고, 들녘 위의 민가에서 저녁연기가
피어오른다. 길가의 상점에서도 불이 하나둘 켜지기 시작한다. 거리
에서도 마을 어귀에서도 골목에서도 집으로 돌아가는 사람들의 발
걸음이 분주하다. 저녁연기 모락모락 피어오르는 들판의 풍경을 바
라보니, 고향의 마음을 담은 듯 정겨움이 물씬 묻어난다.

버스가 들판의 노을과 불이 켜지는 거리의 풍경을 뒤로한
채, 한참을 더 내달리더니 갠지스 평원의 중심도시 알라하바드
(Allahabad)에 다다른다. 시내로 진입하는 다리 아래로 넓고 긴 몸
체를 드리우고 있는 강물이 도도히 흐른다. 금방이라도 비가 쏟아질

7장 길 위의 풍경 - 바라나시로 가는 길

듯 검은 구름이 하늘을 뒤덮고 있다.

"아! 갠지스강이다!"

누군가의 입에서 탄성이 절로 나온다. 낮을 부지런히 달려 해가 질 무렵이 되어 마침내 갠지스강에 다다랐다. 다리 위에는 수많은 차량이 꼬리를 물고 길게 늘어서 있다. 다리 위에 멈춰 서 있는 동안 도도하게 흘러가는 강물 위로 어둠이 차곡차곡 내려앉는다. 갠지스강이 무거운 몸을 길게 늘인 채, 어두워져 가는 하늘을 바라보며 깊은 고뇌에 빠져 있는 듯하다.

알라하바드(Allahabad)는 힌두교에서 창조의 신인 브라흐마가 세상을 창조한 후에 첫 번째 제물을 바친 곳이다. 바로 이곳에서 갠지스강은 야무나강과 전설 속 지혜의 강 사라스와티가 합류하여 커다란 흐름을 이루며 바라나시를 향해 흘러간다. 성스러운 세 개의 강이 모이는 이곳에서 목욕을 하면 전생에서 쌓았던 원죄가 모두 없어지고, 윤회의 고통에서 해방되어 구원을 받게 된다고 힌두인들은 믿는다. 지금도 합류점 부근의 하안(河岸)에는 해마다 1-2월에 열리는 '마하멜라의 대제(大祭)'와 12년마다 열리는 '쿰브멜라의 대제'에는 수백, 수천만의 힌두교도가 모여들어 성황을 이루는 곳이다.

> 악바르는 힌두교의 성지인 프라야그(이곳이 오늘날 알라하바드라고 불리게 된 것은 악바르 때문이다)를 찾아 힌두교 신화에서 창조의 현장인 갠지스강과 야무나강의 신성한 합류 지점에서 새벽 의식을 거행하기까지 했다. 16세기에 종교 문제와 관련하여 동서양을 막론하고 통치자가 할 수 있었던 최대한의 행동을 보여준 것이다. 사실 오늘날의 정치 지도자나 종교 지도자도 이렇게까지 하기는 어려울 것 같다.
>
> — 마이클 우드, 『인도 이야기』중에서

알라하바드(Allahabad)는 페르시아어로 '신이 정착한 장소'라는 뜻으로 1575년 무굴(Mughal)왕조 3대 황제인 악바르(Akbar,1542~1605)가 성을 축조한 것에서 비롯되었다. 특히 악바르 황제는 종교적으로 매우 관용적이어서 힌두교의 신앙과 관습을 존중했을 뿐만 아니라 자신들이 신봉하는 이슬람과 힌두교도의 융합을 꾀한다. 그런 악바르가 무굴을 대제국으로 키운 장본인이다.

알라하바드(Allahabad)는 예로부터 힌두교의 으뜸 성지로 기원전부터 상업이 활발했다는 기록이 있으며, 교통, 종교, 상업의 중심지였다. 또한 자와할랄 네루(Jawaharlal Nehru) 초대 인도 총리가 태어난 고향으로 네루가 살았던 집이 남아 있는 곳이기도 하다. 이렇듯 정치적으로도 중요한 도시로 영국 통치시대에는 연합주의 주도(主都)였고, 독립운동의 중심지이자 인도 국민회의파의 본거지이기도 하였다.

　그러고 보니 야무나강의 흐름이 타지마할과 아그라성을 지나 세 강이 합류하는 이곳에 잠시 머무르고 있을 것이다. 나의 여정과 우리들의 이야기도 강물과 함께 수런수런 이야기를 나누며 이곳에 잠시 머무르고 있으리라. 흐르던 강이 서로 만나고 섞이듯 우리들의 시간도 흐르는 강물처럼 다시 만나고 섞이기도 할 것이다.

　갠지스강 하안(河岸)을 따라 무수히 늘어선 불빛이 눈에 들어온다. 어둠이 짙어지고 세상의 모든 불빛이 온기처럼 내려앉는다. 어둠이 내리는 강변을 바라보니 무심히 흐르는 강물 위로 깊고 아득함이 밀려온다. 강변을 따라 펼쳐진 무수한 불빛이 별빛이 내려앉듯 수많은 상념이 되어 내 안에 번진다.

다리를 통과하다가 보니, 반대편 차선에 빨간색 소형차와 큰 트럭 사이에 사고가 생겨 오고 가던 차들이 오래 정체되었던 모양이다. 다리 아래로는 포장마차와 좌판을 벌인 노점상들이 많고, 그 주변에 수많은 사람들이 북적거린다. 본격 야시장이 가동된 모양이다.

강변을 따라서 끝이 보이지 않을 만큼 무수한 불빛과 더불어 군대 주둔지처럼 수천수만의 회색 텐트가 길게 도열해 있다. 마치 전쟁을 위해 포진한 군대가 진을 치고 있는 주둔지 같다. 이 사람들은 무얼 바라 이렇듯 갠지스강을 따라 진을 치며 머물고 있을까.

다섯.
어둠 속 노란 유채밭과 땅딸보 사내

알라하바드를 벗어날 무렵부터 빗방울이 조금씩 떨어지기 시작한다. 우리를 태운 차가 갠지스강의 풍경과 길가에 늘어선 상점의 불빛을 뒤로하고 앞을 향해 계속 내달린다. 갠지스강의 흐름을 따라 바라나시로 향하는 길은 도로 상태가 엉망이다. 오락가락하는 빗줄기와 부연 안개까지 더해지면서 만만치 않은 행군의 연속이다. 오후 세 시 무렵 길가 작은 휴게소에서 잠시 쉰 다음, 계속 달려왔으니, 거의 다섯 시간 가까이 쉬지 않고 달리고 있는 셈이다. 또한 어스름과 더불어 장맛비라도 쏟아질 듯 굿은 날씨로 바뀌었다.

어떤 상황에서도 인도 기사님은 미동도 하지 않고, 근엄한 석고상처럼 묵묵히 앉아 차를 잘도 몰아간다. 암베르성을 오갈 때도 그랬듯 인도의 기사들은 어떤 상황이 도래해도 초인적인 인내력과 전투력을 발휘해 그때마다 한계상황을 잘도 돌파해 나간다. 차가 쉬지 않고 내달리더니, 일행들의 생리적 한계 등을 고려하여 도로 공사로 분주한 길옆 트럭터미널 같은 곳에 잠시 정차한다.

주위가 검은 장막을 쳐 놓은 듯 짙은 어둠뿐이다. 부슬부슬 밤비까지 내리니 심란하면서도 을씨년스러운 분위기를 심화시킨다. 삼사십 여 미터쯤 떨어진 담장 모퉁이 앞에 가로등 하나가 환하게 빛을 발한다. 그 불빛에 이끌려 가로등 아래로 걸어가 담장 뒤편을 바라보았다.

'아!'

신음 소리가 절로 나온다. 샛노란 유채밭이 어둠 저편으로 환하게 펼쳐져 있지 않은가. 나도 모르게 미끄러지듯 비탈 아래로 내려가 노란 유채꽃 사이로 들어갔다. 향기없는 유채꽃에 코를 대보기도 하고, 노란 꽃잎의 보드라운 감촉을 볼에 느껴보기도 하면서 유채꽃 사이를 서성거렸다. 짙은 어둠 속에 펼쳐진 노란 유채꽃에 둘러싸여 있으니, 고단함과 심란한 마음, 을씨년스러운 분위기까지 씻은 듯이 사라진다. 카주라호를 떠나 산을 넘고 끊임없이 달려온 하루의 시간을 충분히 보상받고도 남는다.

힐링하는 마음으로 남다른 감흥에 푹 빠졌다가 유채밭 위로 올라왔다. 난데없이 짜리뭉땅한 사내 하나가 나타나 손을 벌리며 돈을 요구한다. 이 사내를 어떻게 대해야 할지 참으로 난감하다. 저만큼 거리에서 우산을 받고 서 있는 가이드에게 손짓을 하니, 이 땅딸보 사내 슬금슬금 꽁무니를 빼며 어둠 속으로 사라진다.

　돈이라면 영혼이라도 팔아버릴 것 같은 친구들이 간혹 때와 장소를 가리지 않고 어디선가 불쑥 나타난다. 혀를 내두를 만큼 뻔뻔함으로 무장된 이들의 행동을 과연 어떻게 받아들여야 할까. 어둠 속으로 사라지는 땅딸보 사내의 뒷모습과 저마다의 이유로 밀려나 거리와 골목을 떠도는 검은 사람들의 모습이 미궁에 빠진 듯 깊은 어둠에 묻힌다. 골목에서도 거리에서도 들판 길을 달리다가도 잠시 머물러 주변을 돌아보다가도 시도 때도 없이 딱한 친구들을 마주게 된다. 극빈에 시달리는 사람들을 어디에서나 목격하게 되니, 이들이 그대로 방치되고 버려지고 있다는 생각을 지울 수가 없다.

　인도의 최하위계층은 대부분 문맹이며, 그들의 최대 관심사는 오직 생계유지에 관한 것뿐, 그저 '노프라블럼'을 외치기도 한다. 그렇다고 이마저도 미덕 운운한다면 참으로 곤혹스러운 일이다. 인도인들은 대단히 종교적이어서 돈과 거리가 있을 것 같지만, 물질적인 면 또한 대단해서 서로 상반된 특성으로 나타난다.

한 사회는 구성원들의 빈곤 문제를 어떻게 인식하고 어떻게 풀어가야 할까. 국제 사회에서 요직을 빈번히 맡기도 하고 세계 굴지의 부호가 많은 나라지만, 어디를 가나 넘쳐나는 극심한 빈곤층의 검은 모습이 눈앞에 아른거린다.

그래도 가랑비 속에 시원한 밤바람을 쐬며, 노랗게 펼쳐진 유채 꽃밭에 잠시 다녀오고 나니, 눈이 맑아지고 기분이 상쾌해지며 고단했던 몸도 가뿐해진다.

여섯.
나마스테, 바라나시

밤비 내리는 캄캄한 하늘을 올려다보며 심호흡을 하였다. 이제 바라나시까지는 삼십여 킬로밖에 남지 않았다. 어둠과 더불어 빗방울의 강도가 더해간다. 짙은 어둠 속 순탄치 않은 도로를 따라 다시 바라나시를 향해 달린다. 어느 순간 사방에서 도시의 불빛이 투사되고 바라나시 기차역 앞을 지나 시내를 통과한다. 시내 도로 역시 곳곳이 공사 중이거나 패여 있는 곳이 많다. 우중충한 거리와 침침한 골목에는 온갖 쓰레기와 잡동사니들이 나뒹굴어 지저분하기 이를 데 없다. 삐쩍 마른 개 한 마리가 비에 젖은 채 비틀거리며 골목을 배회하고 있다. 심란하면서도 누추한 거리의 풍경이 인간의 또 다른 허물처럼 보인다.

지상에서 가장 위대하고 신성한 도시인 바라나시, 목욕재계하는 것만으로도 원죄와 모든 과오를 씻어낼 수 있다는 신성한 강물이 흐르는 도시이자 성지이다. 삼천 년 넘게 순례자들과 수행자들로 붐비는 순례지로 여전해 인도 전역에서, 세계 각지에서 수많은 사람들이 바라나시와 갠지스강을 찾아온다. 인도에서 가장 오래된 도시일 뿐만 아니라 인도 땅에서 첫손가락에 꼽히는 세계적인 명소인데, 이렇듯 대책 없이 방치되다니……. 물론 양질의 개발과 보존의 문제 역시 만만치 않은 일일 것이다.

나라마다, 지역마다, 그 안에서 살아가는 사람들에 의해 형성된 문화는 어쩔 수 없는 차이를 보이기 마련이다. 혼돈 속에서도 나름의 질서를 지키며 별다른 문제 없이 살아가기도 한다. 섣부른 미화도 경계해야겠지만, 섣불리 규정하려 들거나 이해하려 애를 쓰는 일 역시 또 다른 한계와 편견, 어리석음을 자초할 수도 있으리라. 하지만 인간의 기본적인 삶에 대한 안타까운 인식이 끊임없이 밀려오는 것은 어찌 된 일인가. 세상에서 가장 성스러운 강을 품고 있는 도시 바라나시가 겨울비와 더불어 깊은 어둠 속에 잠겨 있다.

빗줄기가 더욱 거세졌다. 밤 아홉 시가 넘어 밝고 따뜻한 빛이 감지되는 바라나시 숙소에 가까스로 도착하였다. 밤늦은 저녁 식사 후, 밝은 불빛 아래서 친구와 차를 마시며 도란도란 정담을 나누고 있자니, 숨가쁘게 달려온 하루가 금세 먼 일처럼 느껴진다.

숙소로 올라와 따뜻한 물에 몸을 푹 담그니, 몸이 풀리고 고단한 하루가 절로 녹아내린다. 침대 위에 발을 뻗고 누우니 천국이 따로 없다. 지그시 눈을 감고 카주라호에서 바라나시에 이르는 길 위의 풍경을 찬찬히 그려본다.

나마스테! 바라나시!

"낡고 오래된 성채처럼 보이는 건물의 모습은 허물어져 가는 보루처럼 황량하면서도 위태롭게 보인다. 강렬한 불빛은 안개 속 주변의 풍경을 더욱 낯설고 삭막하게 만든다. 강물 역시 강한 불빛에 밤새 시달리고 있었으리라. 그러니 갠지스 강이 바라나시에 이르러서는 홀로 고요하게 흐르지 못할 것이다."

— 본문 중에서

8장 갠지스 강의 새벽 풍경

밤사이에 비가 내려서 그런지 숙소 밖으로 나오니, 공기가 습하고 길바닥이 축축하다. 잠시 비가 소강상태를 이룬 채, 하늘은 온통 먹장구름으로 뒤덮여 있다. 바라나시 거리와 골목에는 희뿌연 안개가 자욱하다. 가게는 거의 문을 열지 않았는데, 어쩌다 문을 연 가게 앞에는 피워 놓은 불을 중심으로 사람들이 옹기종기 모여 있다. 거리에는 쓰레기와 오물이 넘쳤으며, 가로등 바로 아래에는 도로 공사 중인지 모래와 각목, 시멘트 블록 같은 자재들이 어지럽게 방치되어 있다. 그 앞으로 머리에 무거운 짐을 올린 여인 넷이 새벽 불빛을 받으며 도로 위를 나란히 걷고 있다. 그 여인들 앞서서 양손에 짐을 든 여인 서넛도 새벽 언덕을 오르듯 뒤뚱뒤뚱 걸어가고 있었다.

심란한 상가 처마 아래 누렁이 두 마리가 파란 드럼통 하나씩을 꿰차고, 그 위에서 달팽이처럼 몸을 감고 자고 있다. 잠을 자는 개 사이에 서서 되새김질하던 잿빛 소 한 마리가 커다란 눈망울을 굴리며

나를 빤히 바라본다. 잠시 발길을 멈추고 서서 소의 눈망울을 마주하고 있자니, 어린 시절에 보았던 순한 소의 눈망울처럼 짠한 모습으로 다가온다. 간혹 순례자나 여행객들로 보이는 사람들이 몇몇씩 무리를 지어 오가기도 하는데, 새벽 기온이 싸늘하여 담요를 두른 사람들도 있다.

큰길을 걷다가 왼편 골목길로 접어들었다. 바라나시에 도착하면 빠뜨릴 수 없는 일정 중의 하나가 골목길을 따라 갠지스 강으로 나가보는 일이다. 갠지스 강으로 나아가는 골목길은 좁고 침침하며 미로와 같다. 길바닥에는 물기가 기름띠처럼 번들거리고, 쓰레기와 배설물이 뒤섞인 골목에서는 지린내와 역한 비린내가 배어 나온다. 골목은 그 골목에서 살아가는 사람들의 삶의 모습을 닮을 거라는 생각이 든다. 두 사람이 나란히 걷기에도 비좁은 음습한 골목길을 따라 걷노라니, 인간의 비원(悲願)이 한숨처럼 길바닥에서 시름시름 앓고 있는 듯하다.

세상만사가 다면적이면서도 다층적일 수밖에 없을 테이고, 그

도시의 모습은 그곳에서 살아가는 사람들의 몸에 밴 생활이 담겨 있어 다른 사람들이 이를 제대로 이해하기란 힘드리라. 세상에서 처음 만들어진 도시이며, 성지순례의 도시이기도 한 바라나시가 그 명성과 수식에 전혀 어울리지 않는 또 다른 삶의 민낯처럼 느껴지는 건 왜일까. 복잡하고 어지러운 골목길을 따라 얼마쯤 나아가니 비릿한 물 냄새가 번져온다. 마침내 강으로 내려가는 계단이 나오고, 희부연 갠지스 강의 물길이 눈 아래 들어온다.

갠지스 강은 어둠 한가운데를 흐르고, 하늘 가득 먹장구름이 드리워져 있다. 강 건너편은 자욱한 안개와 어둠에 가려 전혀 보이지 않는다. 너무 이른 시간이어서 그런지 강변 화장터(burning ghat)는 아직 가동되지 않았고, 적막한 강변에 빈 배들만 덩그러니 모여 있다. 짙은 회색빛으로 덧칠된 갠지스 강을 바라보며 강으로 연결된 계단을 천천히 내려갔다.

강가로 이어지는 널찍한 층계를 '가트(Ghat)'라고 하는데, 바라나시에는 수많은 골목길과 100여 개의 가트가 거미줄처럼 연결되어 있다. 속세의 죄를 씻으려는 사람들로 언제나 북적인다는 가트인데, 이른 새벽이어서 그런지 어디에도 사람들의 모습은 보이지 않는다. 배에 오르기 위해 강물 앞으로 나아갔다. 강물을 바라볼수록 이런 혼탁한 강물에서 과연 어떤 죄를 씻어내고 어떤 정화작용을 할 수 있을까 하는 의문이 든다.

안개 자욱한 강의 물살을 밀어내며 배가 앞으로 나아간다. 습습한 강바람이 끈적끈적한 감촉으로 와 닿는다. 갠지스 강을 따라 길게 줄지어 있는 가로등이 눈이 부실만큼 강렬한 빛을 발한다. 강물에 비치는 불빛 역시 강을 따라 길게 이어져 있다. 강가로 연결된 가파른 계단 위로는 사원을 비롯한 크고 작은 건물들이 다닥다닥 붙은 채, 긴 성벽을 이루며 강변을 따라 길게 늘어서 있다. 낡고 오래된 성채처럼 보이는 건물의 모습은 허물어져 가는 보루처럼 황량하면서도 위태롭게 보인다. 강렬한 불빛은 안개 속 주변의 풍경을 더욱 낯설고 삭막하게 만든다. 강물 역시 강한 불빛에 밤새 시달리고 있었으리라. 그러니 갠지스 강이 바라나시에 이르러서는 홀로 고요하게 흐르지 못할 것이다.

새벽 안개 자욱한 강 위로 작은 배 한 척이 나아간다. 구부정한 모습으로 서 있는 사람과 배 위에 앉아 있는 또 한 사람의 모습이 그림자처럼 보인다. 안개 사이로 보이는 배의 모습이 빛바랜 수묵화와 같다. 우리를 태운 생경하고 낯선 배 한 척은 어디로 향하고 있는가.

인간이란 갠지스강의 새벽 안개처럼 불투명하고 애매모호한 존재이다.

강변에 다다른 배에서 내리는데, 길고 새하얀 머리카락에 흰 수염을 길게 달고 있는 늙은 사내가 주황색 옷을 옆에 벗어놓은 채 혼탁한 강물에 몸을 씻고 있다. 두툼한 옷을 여미고 있어도 습기를 가득 머금은 싸늘한 새벽 기온으로 온몸이 으스스 움츠러 드는데, '백수광부'를 연상시키는 노인이 알몸을 한 채, 차가운 강물에 자신의 몸을 담그고 있다. 새벽 강가로 나가 몸을 씻는 일이 신심을 고취시키거나 경건한 분위기를 자아낼 것 같지는 않다.

배에서 내려 백사장을 지나 넓은 광장으로 올라가니, 광장 한 편에 시멘트로 만든 계단식 관람석이 있다. 관람석 주변으로 오래된 나무 몇 그루가 있는데, 공연을 보러온 사람들이 관람석 자리를 차곡차곡 채워나간다. 신새벽 어디에서 사람들이 모여들었는지 관람석 주변에 서 있는 사람들이 많다. 아마도 강을 향해 거미줄처럼 연결된 바라나시의 수많은 골목길을 따라 모여들었을 것이다.

저만큼 강 앞쪽으로 붉은 단이 쌓여있고, 단 위에는 일곱 명의 건장한 사내가 반듯하게 앉아 갠지스 강을 바라보고 있다. 붉은 단 위로 강렬한 불빛이 쏟아져 내린다. 인도인의 영혼의 고향인 갠지스 강, 삶과 죽음이 공존하는 갠지스에서 행하는 의식이다.

'아르티 뿌자(Arti-Puja)'로 날이 어두워질 때나 날이 밝을 때, 갠지스강 가트에서 사제들에 의해 이루어지는 신을 부르는 힌두교의 종교의식이다. 신에 대한 찬양이 동반되는 아르티 뿌자는 땅을 대표하는 꽃, 액체를 대표하는 물, 불을 대표하는 램프와 촛불, 바람을 전해주는 공작 부채, 공간을 상징하는 야크의 꼬리를 사용하여 불과 빛을 통해 어둠을 몰아내는 행위로 뿌자를 진행한다.

이처럼 인도인들은 날마다 신에게 꽃과 음식과 향 등을 바치는 의식인 '뿌자(Puja)'를 드린다. 갠지스 메인 가트에서 어둠 속에 치루는 대대적인 의식도 뿌자이고, 집안에 놓인 신상 앞에서 행하는 단출한 의례도 뿌자이며, 사원에 가서 드리는 예배도 뿌자다.

얼마간 시간이 흐르자 징소리가 울리고, 일곱 사내가 오른손에 들고 있는 램프 모양의 횃불을 강을 향해서 치켜든다. 그와 동시에 횃불을 한 바퀴 돌리고, 높이 쳐들고, 두 바퀴 돌리고, 다시 높이 치켜들고 하는 행동을 계속 반복해 나간다. 바로 뒤 단 아래에서는 파란색 운동복 차림에 털모자를 쓴 젊은 사내가 일정한 가락으로 징을 치며 소리를 이어나간다. 그 소리에 맞춰 일곱 사내가 계속 불을 돌리는 의식을 거행한다.

얼마간 거리가 있는 뒤편 공터 잎이 무성한 큰 나무 아래, 나이 지긋한 여인 한 사람이 앞에 상차림을 해놓고 앉아 있다. 그 뒤로 붉은 스웨터를 입은 일곱 명의 앳된 아가씨들이 나란히 앉아 낮은 소리로 함께 주문을 왼다. 가랑비가 추적추적 내리기 시작한다.

그러다 일곱 사내가 동시에 불을 내려놓더니, 이번에는 공작새 깃털로 만든 손부채를 들고 상하좌우로 돌리면서 징소리에 맞춰 다른 의식을 거행한다. 한참 같은 동작을 반복하더니, 이내 부채를 놓고 뒤로 물러난다. 그리고 갠지스강을 향하여 일제히 커다란 뿔소라를 불어댄다. 사내들이 불어대는 뿔소라 소리에 맞춰 여인들의 소리가 점점 빨라지면서 높아만 간다. 그러다 어느 순간 나팔 소리가 딱 멎는다. 하지만 여인들의 소리는 절정을 향해 치달아 가듯 더욱 높아지고 빨라진다.

강물을 바라보던 사내들이 다시 소리를 가다듬으며, 공작 부채를 들고 연신 돌려댄다. 사내들의 행동은 강렬하고 일사불란하며, 여인들은 집요하면서도 야단스럽게 하나의 소리를 향해 다잡아 나간다. 세상이 들끓듯 높아가는 소리를 들으며 자리를 털고 일어났다.

점점 멀어지는 소리를 뒤로하고 강가 모래사장 위를 걸었다. 차가운 강물에 몸을 담그던 노인은 보이지 않는다. 단지 어둠에 둘러싸인 강물 위로 희미하게 내리는 빗소리만 나지막하게 들려온다. 빗소리에 잠긴 갠지스강의 적막한 모습을 바라보았다.

　공연이 끝났는지 사람들의 왁자지껄하는 소리가 들려온다. 다시 배를 타고 갠지스강을 거슬러 오른다. 날이 밝아오면서 강변을 따라 줄지어 섰던 집들이 그 모습을 제대로 드러낸다. 사람들을 태운 수많은 배들이 강물 위를 어지럽게 오르내린다. 배의 움직임을 따라 갈매기들도 떼를 지어 날아다닌다. 갈매기들은 강물 위에 앉기도 하고, 사람이 탄 배 주변으로 모여들기도 한다. 강물 위에는 사람들을 실은 크고 작은 배와 그 주변을 어지러이 날아다니는 수많은 갈매기 떼들로 가득하다. 갠지스강의 분주한 하루가 본격 시작된 모양이다.

　저만큼 강변의 화장터에서 벌건 불길이 솟아오른다. 내가 탄 배가 강변 화장터를 향해 점점 나아간다. 화장터 주변 여기저기에 장작들이 어지럽게 널려 있고, 강변 위 통나무 장작들을 가득 실은 배들이 아무렇게나 방치되어 있다. 가트 주변으로 사람들이 모여든다. 사람들을 실은 배들이 강변 화장터를 향해 점점 다가간다. 화장할 때 특유의 역한 냄새가 매캐한 냄새와 더불어 사방으로 퍼져 나갔다. 이곳 사람들에게는 매일 매일 이루어지는 삶의 일부지만, 어떤 이들에게는 특별하면서도 낯선 감회로 다가올 것이다. 바로 눈앞에서 벌어지는 화장터의 광경이 나에게는 혼란스럽고 착잡하며 부질없는 모습으로 여겨진다.

벌겋게 타오르는 불꽃과 모락모락 피어오르는 연기를 망연히 서서 바라본다. 영혼이란 연기를 닮을 수밖에 없으리라. 영혼은 육신과 더불어 절로 대기 중으로 산화할 것이니, 이를 슬퍼하거나 가슴 아파할 일이 아니다. 어쩔 수 없는 자연의 섭리요, 당연한 귀결이다. 혹자는 이를 보며 인생의 허무나 어찌할 수 없는 괴로움을 느낄지 모르나 죽음 자체에 커다란 미련을 갖지 않는 마음 역시 자연스러운 일이다.

날이 밝아오면서 갠지스 강의 풍경이 선명한 모습으로 눈에 들어온다. 주변의 풍경이 확연히 드러날수록 인간의 온갖 어수선한 모습을 담고 있는 영화 속 디스토피아(dystopia, 암울한 미래상)처럼 느껴지기도 하였다.

갠지스의 푸른 안개

갠지스강은 중부 히말라야 산맥에서 발원하여 남쪽으로 흘러 델리 북쪽 하르드와르 부근에서 힌두스탄 평야로 흘러 들어간다. 남쪽으로만 흐르는 물줄기는 바라나시에 와서 북쪽으로 꺾어 초승달 모양이 된다. 이는 지정학적 신성성으로 받아들여졌고, 죽음의 방향에서 재생의 방향으로 나아간다고 여겨 갠지스강은 오랫동안 '성스러운 강'으로 숭앙되었다.

갠지스강이 지상으로 내려와 흐르게 되었다는 신화적 이야기가 말해주듯, 사람들은 갠지스강으로 나와 전생과 이생의 업이 씻겨 내려가기를 기원하며 목욕재계한다. 그리고 갠지스강에서 죽고 화장되어 타고 남은 재를 강물에 뿌리면 고통스러운 윤회로부터 해탈되는 최고의 축복이라고 믿는다. 이러한 갠지스강은 온갖 생로병사에 지친 사람들에게 하나의 피난처일지 모른다. 힌두인들에게 갠지스강에 재가 뿌려지는 것이 그들의 꿈이기도 한 셈이다. 그러니 인도인의 삶의 중심이 된 힌두교는 갠지스강을 따라 번성할 수밖에 없었을 것이다.

부처 시대에도 물과 불로써 몸과 마음을 청정하게 하는 고행을 하였다. 가장 추운 날 팔일 동안 물과 불로써 정화의식을 하는 것을 앗타까(Atthaka) 즉 팔일제라고 한다. 이 같은 팔일제에 대하여 부처님은 다음과 같은 게송으로 말씀을 하신다.

"많은 사람이 그 속에서 목욕하는 그 물로 청정해지지 않는다.
진실과 원리가 있다면, 청정해지니, 그가 거룩한 임이다."

세례로 그 사람의 죄가 없어지지 않듯, 강물에서 목욕하는 것으로 업이 정화되지 않음을 말한 것이다. 만약 사람들이 강물에 몸을 씻는 것으로 죄가 없어지고 죄가 정화된다면 누구라도 해탈하지 않을 수 없으리라. 죄를 지었는데 한번의 회개로 면죄부가 주어지는 것 역시 업과 업의 인과응보(因果應報)에도 전혀 맞지 않는다. 삶을 짓누르는 무게 역시 결코 가벼워지지 않으리라. 부처님이 말하는 진실과 원리는 온갖 미신과 도그마와도 한참 거리가 멀 따름이다.

지상에서 가장 높고 순결한 곳에 올라 흐르는 풍경에 몸을 맡겨보고 싶은 날이다. 인생이란 흐르는 풍경 같은 것은 아닐까. 붉은 노을을 바라보며 나직이 콧노래라도 부르며 갠지스강을 거닐어 봐도 좋으리라.

"실타래가 풀리듯 긴 띠를 형성하며 건너편 다메크 탑을 향해
나아가는 순례 행렬이 장관을 이룬다. 평화로운 순례 행렬을 감
행하고 있는 사람들의 마음을 하나로 묶는 것은 무엇일까. (…)
종교와 인간의 삶은 어떤 모습으로 존재해야 할까. 인간이 인간
에게 숭고할 수 있는 이유는 무엇인가. 여행 내내 들었던 생각이
다시 일었다."

본문 중에서

9장 최초 설법의 땅, 사르나트

하나.
녹야원과 설법하는 부처상

신새벽 갠지스강을 다녀온 뒤, 더없이 깊고 곤한 잠에 빠졌다. 깊은 수면을 취하고 나니, 몸이 회복된 듯 가뿐해지며 새로운 에너지가 발동한다. 마음 역시 푼푼해지며 여유와 편안함이 느껴진다. 호텔 로비로 내려와 따끈한 커피 한 잔을 마셨다. 언제 구름이 걷혔는지 호텔 건너편 공원에 밝은 햇살이 쏟아져 내린다. 계단을 내려와 온몸에 따사로운 햇살을 받으니, 내 안에 생기가 돌고 기분이 상쾌해진다.

눈 부신 햇살을 온몸에 받으며 부처님께서 최초의 설법을 했다는 불교 성지 사르나트(sarnat)로 향했다. 사르나트는 바라나시에서 북동쪽으로 약 10km 정도 떨어진 곳으로 우리나라에서는 흔히 녹야원(鹿野園, 사슴동산)으로 알려져 있다. 사르나트는 부처님께서 깨달음을 얻은 후 다섯 제자에게 처음으로 법을 전한 '초전법륜지'로 커다란 의미를 던져주는 곳이다.

녹야원 경내는 잔디밭이 주단처럼 넓게 펼쳐져 있고, 곳곳에 잘 자란 나무들이 싱그러운 그늘을 드리우고 있다. 녹야원에 들어서면 오른편으로 육중한 모양의 다메크 탑(Dhamekh stupa)이 가장 먼저 눈에 들어온다. 혼잡했던 바라나시 시내와는 사뭇 다른 밝고 쾌적한 경내여서 그런지 마음의 여유와 편안함이 느껴진다.

조금 걸어 올라가면 왼편으로 발굴된 다르마라지크 스투파 (stupa, 불탑) 터가 나온다. 거대한 탑의 형상은 사라지고 지금은 그 기반만 남아 있다. 이곳에 있는 나무 아래서 부처님이 다섯 비구에게 첫 설법을 행하셨다. 이를 기념하기 위해 아쇼카 왕이 탑을 세웠다. 이곳 다르마라지크 스투파에서 출토된 '설법하는 부처상'은 사르나트 고고학박물관에 소장되어 있는데, 5세기 굽타시대에 만들어진 결가부좌상(結跏趺坐像)으로 인도 미술을 대표하는 최고의 걸작품으로 꼽힌다.

법정 스님은 『인도 기행』에서 4박 5일 동안 사르나트에 머물면서 '설법하는 부처상'이 좋아 세 차례나 박물관을 방문하신다. 불상 앞에 마주 설 때마다 '아름다운 하나의 형상이 우리에게 주는 정신적인 감응'이 어떤 것인가를 거듭 헤아리신다. 스님이 보시기에 '이 세상의 불상 중에서 가장 아름다운, 최초의 설법의 모습을 새긴 전법륜상(轉法輪像)'이라고 극찬하며, '눈을 아래로 뜬 소년처럼 앳된 모습, 온화하면서도 잔잔한 미소를 머금은 얼굴, 이런 미소야말로 인간이 지녀야 할 근원적인 속 모습'이라고 전하신다. 그 뒤로 '설법하는 부처의 형상'은 두고두고 나의 뇌리를 맴돌았다.

바로 그 가까이에서 아소카 석주(Asoka's Pillar)가 발견되었는데, 아소카왕이 이곳을 순례하고 부처님이 초전법륜을 펼친 자리라고 해서 아소카 석주를 세워 표시해 놓았다. '최초의 설법'을 일컬어 초전법륜(初轉法輪)이라고 한다. 부처님의 설법을 법륜에 비유하여 전법륜(轉法輪)이라고 하고, '법륜(法輪)을 굴린다'는 것은 설법을 뜻하는 말이다. 아소카왕은 부처님의 흔적이 있었던 곳마다 석주를 세워 놓았는데, 그 덕분에 오늘날 부처님의 발자취를 따라 성지순례

를 할 수 있게 되었다.

아소카 석주는 15m에 달하는데, 이슬람에 의해 파괴되어 2m 정도의 깨진 석주 기단부만이 유리관 속에 보관되어 있다. 아소카 석주 상부에는 4마리 사자 석상이 안치되어 있는데, 아소카 석주의 상단 부분은 사르나트 고고학박물관에 소장되어 있다. 현장 스님은 '높이가 70척이 넘는 돌기둥으로 표면은 윤기가 나서 거울 같은 모습을 비춘다'고 기록하였다.

그 뒤편으로 녹야원의 뜻을 가진 뾰족한 모습의 물칸다쿠티가 있고, 바로 옆으로 녹야정사 터가 있다. 이제 녹야정사는 폐허가 되어 발굴해 놓은 자리만 남아 있다. 인도 순례에 나선 중국의 고승 현장이 635년에 바라나시를 방문하는데, 당시 바라나시는 종교·교육·예술의 중심지였으며, '담장과 중각이 즐비하여 아름다운 이곳에 정사가 있어 1,500명의 승려들이 면학하고 있다'고 기록한다.

한때 불교문화의 중심지였던 바라나시, 하지만 아소카 사후 마우리아 왕조는 분열과 쇠퇴의 길을 걷게 된다. 불교가 서기 1세기를 전후로 전성기를 누리다가 8, 9세기경에 쇠퇴하기 시작하여 13세기경에는 인도에서 완전히 사라진다.

금싸라기 같은 햇살이 녹야원 곳곳에 반짝이며 쏟아져 내린다. 청정한 하늘은 드높은 기상을 보여주는 듯하다. 잠시 낭만적인 감흥에 푹 빠진 채, 편안한 산책자가 되어 녹야원 경내를 빙 돌아본다. 녹야원 전체가 잘 바라보이는 큰 나무 아래 벤치가 있다. 몸과 마음을 편안히 내려놓고 나무 그늘 아래 벤치에 기대어 앉았다. 평화롭고 고즈넉한 녹야원 안 풍경과 흔적으로 남은 불교 유적들을 바라본다. 지금은 폐허가 된 채 녹야원 안 여기저기 놓여 있지만, 평화의 종교인 불교는 여전히 인간의 삶 속에서 생명력을 얻으며 우리 곁에 살아 숨 쉬고 있다.

둘.
고행 그리고 선정

고오타마는 우르벨라의 고행림에 들어가 인간으로서 할 수 있는 최고의 고행을 하게 된다. 우르벨라 숲은 마가다국의 보드가야 근처 숲으로 흔히 고행림이라 부른다. 고행림에는 극심한 고행을 하는 사람이 많았고, 훌륭한 수행자도 많았다. 고행을 하는데 가장 필수적인 것은 의식주의 결핍을 극도로 하는 것이다. 옷은 육체를 가릴 수 있는 최소한의 것으로 풀이나 나무껍질, 혹은 시체를 쌌던 천을 입는다. 움막도 없이 더위와 추위, 비와 이슬을 그대로 받으며 지내고 동물이나 벌레로부터 보호받을 수도 없다. 먹는 것은 갈수록 줄여서 거의 음식을 끊게 된다. 오로지 하나 남은 인간의 생명을 유지해 주는 숨 쉬는 것조차 멈추고자 한다. 먹지도 자지도 않으면서 육체를 괴롭히자 형상은 갈수록 끔찍하게 변모해간다.

> 그때에 고오타마는 몸이 점점 더 여위어 갔다. 살갗은 익지 않은 오이가 말라 비틀어진 것 같았으며 수족은 갈대와 같았고 드러난 갈비뼈는 부서진 헌 집의 서까래와 같았으며 척추는 대나무 마디와 같았다. 뱃가죽을 만지면 등뼈가 만져지고 손을 들어 몸을 만지면 몸의 털이 말라 떨어졌다. 해골이 드러나고 눈이 깊이 꺼졌으며 일어서려면 머리를 땅에 박고 넘어졌다. 그러나 오직 눈만은 깊은 우물 속의 별과 같이 반짝이며 빛나고 있었다.

고오타마는 극단적이면서도 과격한 고행을 계속해 가는 동안 모든 괴로움을 참아내면서 완벽한 경지에 이를 수 있도록 마음을 단련한다. 하지만 괴로움을 일으키는 일체의 것으로부터 완전히 단절하고 절대적인 평온을 얻는다는 것은 별개의 일이었다. 극한적 수행의 근본적인 결함과 한계를 인식할 수밖에 없었던 모양이다. 그리고 지난 날 한 그루의 염부수나무가 만들어 준 시원한 그늘 아래 앉아 적정한 상태를 얻어 선정으로써 초선(初禪)을 증득했던 일을 생각한다. 그러면서 선정(禪定)이야말로 해탈(解脫, 얽힘에서 벗어나 안팎으로 자유로워짐)에 이르는 최선의 길이라는 것을 확신하게 된다.

고오타마는 고행을 포기하고 고행림을 뒤로한 채, 산에서 내려와 나이란자나강에 들어가 목욕을 한다. 나이란자나강은 갠지스강의 지류로 백사장이 깨끗하기로 유명하다. 고오타마가 목욕하기를 마쳤으나 몸이 쇠약한지라 물결에 밀려 혼자서는 기슭으로 올라올 수가 없었다. 겨우 나뭇가지를 잡고 언덕으로 올라온 그는 우르벨라 마을로 들어간다. 부처님이 마을에 이르자 이를 본 우루벨라 촌장의 딸 수자타가 유미죽을 공양하여 부처님이 원기를 회복할 수 있었다. 유미죽이란 오늘날의 인도 음식 키르(Kheer)에 해당하는 것으로 충분한 우유에 쌀을 끓여 꿀이나 설탕으로 단맛을 낸 것이다.

체력을 회복하고 심신의 기운을 되찾은 고오타마는 나이란자나강을 향해 있는 보리수나무 아래에 앉아 선정에 든다. '선정인(禪定印, 양손을 펴서 위아래로 포개고, 엄지손가락 끝을 서로 맞댄 손 모양)'은 온갖 잡념을 버리고 마음의 평정을 얻기 위한 자세로 부처가 보리수나무 아래 수행할 때 취했던 자세다. 부처께서는 나무 밑에 앉아 용맹정진한 끝에 흔들리지 않는 지혜, 즉 '최고의 바르고 완전한 깨달음'을 얻어 '붓다(Buddha)'가 된다.

부처님께서 최고의 깨달음에 이른 것은 밤의 마지막 시각, 즉 밤에서 아침으로 바뀌는 찰나였다고 한다. 그렇게 생사의 윤회를 벗어나 궁극의 깨달음에 이르게 된다. 석가모니의 80년 생애를 통해서 가장 중요한 사건이 일어난 시각이다. 참으로 상서롭고도 빛나는 순간이었을 것이다. '붓다'란 '깨달은 사람'이란 뜻으로 '각자(覺者)', '불타(佛陀)라고 일컫는다. 부처님은 깨달음을 얻은 후 다시 보리수 아래서 좌선을 하며 스스로 도달한 해탈의 기쁨 즉 법열(法悅)을 누리신다.

이렇게 해서 수행자 고오타마는 석가모니불이 되어 여래로서 자기 자신에 대해서만큼은 출가수행의 목적을 완전히 이루게 된다. 부처님께서 성도(성불)한 연월일을 정확하게 알 수 없다. 인도에서는 성자의 출현이나 종교적으로 중요한 사건의 연대를 기록하는 일에 그다지 주의를 기울이지 않는 경향이 있어 이를 간접적으로 계산할 수밖에 없기 때문이다. 여든 살의 생애 중에 서른 다섯 살의 성도는 기원전 535년경으로 하고, 입적한 해를 기원전 480년경이라고 추정할 뿐이다.

부처님께서는 깨달음을 얻은 후, 자신이 발견하고 실현한 진리를 이 세상에 전할 것인가 전하지 말아야 할 것인가 하는 문제에 봉착하게 된다. 즉 자신이 깨달은 진리의 내용이 심원하고 이해하기 어려워 가르치지 않으려 했다는 내용이 나온다. 부처님은 왜 설법을 주저했을까. 세상 사람들 대부분은 세속적 욕망과 감각적 쾌락에 쉽게 빠져들기 쉽다. 또한 진리를 설할지라도 그 가르침을 받을 사람들이 이해하지 못할 것이고, 그것을 받아들일 준비가 되어 있지 않다면 그 가르침은 허사일 뿐 도리어 해로움이 될 수도 있으리라.

여기에서 세존은 다시 한번 부처의 눈으로 세상 사람들을 관찰해 그들의 능력에 세 가지 차별이 있다는 사실을 깨닫는다.

가장 정도가 낮은 사람들은 세존이 진리를 설하거나 설하지 않거나 깨달을 기회가 없다. 또 정도가 가장 높은 사람들은 진리를 설하거나 설하지 않거나 언젠가는 반드시 깨달을 것이다.

그런데 세상에서 가장 많은 중간 정도의 사람들은, 만일 세존의 설법을 듣는다면 깨달을 것이고, 듣지 못한다면 깨닫지 못할 것이다. 이런 사람들을 위해서 반드시 진리를 설하지 않으면 안 된다. 세존은 이같이 관찰하고 설법을 하기로 결심한다.

설법할 대상으로 고른 사람은 얼마 전까지 함께 고행하던 다섯 사람의 친구였다. 이 다섯 사람은 고오타마의 매우 심한 고행을 보고 감탄하는데, 어느 날 고오타마가 고행을 그만두고 보리수 아래로 가는 것을 보고는 실망해 그의 곁을 떠나갔다. 그들은 바라나시 교외에 머물며 출가자로서의 수행을 계속하고 있었다. 부처님은 보리수를 떠나 고행 동료였던 다섯 명의 수행자들이 있는 바라나시로 향한다.

당시 바라나시(Varanasi)는 인도 최대의 상업 문화 도시이며, 다양한 유파와 다양한 사상을 가지고 홀로 매진하는 수행자들이 많이 모여 있는 곳이었다. 다섯 명의 수행자들은 바라나시 인근 작은 마을인 사르나트에 머물고 있었다. 부처님은 바라나시에 이르자 먼저 출가수행자의 법도대로, 아침나절에는 바리때를 들고 거리에 나가 탁발을 하고, 식사를 마치고 나서는 교외에 있는 녹야원으로 간다.

셋.
부처님의 가르침

녹야원에 도착한 날 초저녁 부처님은 홀로 침묵 속에서 지낸다. 밤이 깊어지자 다섯 수행자를 상대로 마침내 '초전법륜(初轉法輪)',

즉 최초의 설법을 시작하신다. 여전히 자신의 몸을 혹사시키며 고행을 하고 있는 다섯 명의 수행자들, '악기의 줄을 너무 팽팽하게 조이면 줄이 끊어지고, 줄을 너무 느슨하게 풀어 놓으면 음악을 연주할 수 없는 법'. 부처님께서는 자신만의 깨달음에 멈추지 않고, 누구나 자신처럼 깨달을 수 있음을 생각하고, 이를 실천하고자 교화의 첫걸음을 떼신다.

부처님께서 다섯 수행승을 향해 말씀한 법은 〈전법륜경〉으로 팔리어, 산스크리트어 외에 한역이나 티베트어 번역으로도 전해지고 있으며, 그 내용도 대체로 일치한다.

부처님은 다음과 같은 말씀을 전한다.

"수행승들이여, 세상에 두 개의 극단이 있다. 수행자는 그 어느 쪽에 기울어져도 안 된다. 두 개의 극단이란 무엇인가.

첫째는 관능이 이끄는 대로 욕망의 쾌락에 빠지는 것인데, 이것은 천하고 저속하며 어리석고 무익하다.

둘째는 자기 자신을 괴롭히는 데 열중하는 것인데, 이것은 괴롭기만 할 뿐 천하고 무익하다.

수행승들이여, 여래는 양극단을 버리고 중도를 깨달았다. 이 중도에 의해서 통찰과 인식을 얻었고, 번뇌의 세계를 완전히 벗어나 적멸과 깨달음과 눈뜸과 열반에 이르렀다."

양극단이란 쾌락 추구와 고행을 말한다. 부처님은 태자 시절에는 세 곳의 궁전에다 각각 많은 미녀들을 거느리고 온갖 욕망을 충족시키는 생활을 한다. 그런 가운데 싯다르타 태자는 늙음과 질병과 죽음이라는 인간 존재의 실상을 관찰하게 되고, 이 모든 게 무의미함을 깨닫고 성을 빠져나와 수행자의 무리에 끼게 된다. 수행자 시절에는 대부분의 수행자들이 행하는 고행을 본받아 아사(餓死) 직전까지 이르는 수행을 했으며, 호흡을 억제해 숨이 거의 멎는 데까지도 시험을 해 보았다.

이런 고행 역시 최고의 이상인 깨달음을 이루는 데 도움이 되지 않는다. 수행자에게 버려야 할 두 가지 장애에 대한 인식은 부처님의 체험을 통한 자기반성일 뿐만 아니라 일반적인 사람들의 생활 태도에서도 쉽게 엿볼 수 있는 것들이다. 중도란 쾌락주의와 고행주의에 대한 부정적이고도 비판적인 인식이며, 출가인의 숭고한 목적을 위해 버려야 할 깨달음이기도 하다.

　　"수행승들이여, 중도란 무엇인가. 그것은 여덟 가지 부분으로 이루어진 성스러운 길(八正道)이다. 즉 올바른 견해(正見), 올바른 결의(正思), 올바른 말(正言), 올바른 행위(正業), 올바른 생활(正命), 올바른 노력(正精進), 올바른 의식(正念), 올바른 명상(正定)이다."

중도란 그 내용에 따라 팔정도(八正道)로 알려져 있으며, 가장 널리 적용될 수 있는 종교적 실천이다. 그렇다고 어느 쪽에도 기울지 않는 애매모호하거나 미지근한 태도가 아니라 양극단을 엄정하게 극복하는 적극적이고 자주적인 행동을 말한다. 부처님은 팔정도에 이어 괴로움과, 괴로움의 원인과, 괴로움의 극복과, 괴로움의 극복에 이르는 길, 즉 고집멸도(苦集滅道)의 네 가지 거룩한 진리인 사성제(四聖諦)에 대한 설법을 계속하신다.

다섯 비구 중에서 처음으로 카운디냐(꼰단냐)가 부처님의 가르침을 이해했을 때, 부처님께서 너무 기뻐서 '아아, 카운디냐가 깨달았다!', '아아, 카운디냐가 깨달았다!'라고 거듭 감탄하셨다. 부처님은 나머지 네 수행자를 위하여 각각의 근기에 맞추어 가르침을 설하였으며, 부처님께서 여래의 교법을 보일 때마다 네 비구 모두가 차례로 깨달음을 얻어 내면적 해탈에 이르게 된다. 이와 같은 청정한 법안이 열려 종교적 이상을 실현한 사람을 아라한(성자)이라고 한다. 이들은 부처님의 가르침을 이해한 최초의 제자로서 구족계(具足戒, 불교에서 비구와 비구니가 받는 승려 계율을 지칭)를 받는다. 이때 삼보가 출현하여 부처님께서는 불보가 되고, 전법륜의 가르침은 법보가 되고, 부처님과 다섯 수행자는 승보를 이루게 된다.

'설법' 즉 가르침이란 '올바른 앎'을 위함이고, 올바른 앎이란 고정관념에서 벗어나 올바른 지혜로 가기 위한 출발점이다. 그들이 부처님의 깨달음을 이해했다는 것은 부처님 출가의 출발점인 생로병사의 문제에 대한 부처님의 해결 방법을 잘 알게 되었다는 것을 의미한다. 이를 통해 사람이 바뀌고 진정한 깨달음으로 나아갈 수 있으리라.

어떻게 하면 고정관념을 내려놓을 수 있을까. 온갖 오욕칠정과 고정관념으로 가득한 인간에게 참으로 어렵고도 어려운 일이 아닐

수 없다. 나도 녹야원 경내가 잘 바라보이는 큰 나무 아래 벤치에 앉아 '여덟 부분으로 이루어진 성스러운 길(八正道)'을 하나씩 하나씩 곱씹어 보았다.

넷.
아소카왕 그리고 평화의 메시지

부처님께서 열반에 드신 후, 200여 년이 지나 찬드라굽타(Chandragupta)의 손자인 아소카(Asoka: 기원전 273~232년)는 마우리아 왕조에 강력하게 저항하던 칼링가 왕국을 무자비하게 정복함으로써 인도 최초의 통일국가를 세운다. 아소카왕은 이때 피비린내 나는 전쟁의 참상을 목격하고 알 수 없는 두려움과 회의에 빠진다. 아소카는 칼링가 전투로 전쟁의 비참함을 깨닫고 지금까지 자신이 취해 왔던 무력에 의한 지배를 포기하고 법과 진리에 의한 정치를 펴기로 결심한다. 스스로 불교도가 된 아소카는 다른 종교를 배척하지 않고 오히려 그들을 함께 인정하면서 다른 종교에 대한 배려와 지원을 아끼지 않는다. 평화의 종교인 불교에 귀의한 아소카는 그러한 그의 심정을 비문을 통해 다음과 같이 토로(吐露)한다.

왕위에 오른 후 신들에게 헌신하던 나는 무력으로 칼링가를 정복했다. 이 전쟁에서 십오만의 사람이 체포되고 십만 명이 목숨을 잃었다. 이제 칼링가 왕국이 정복된 지금, 앞으로 신들에게 헌신하는 나는 진심으로 (진리의)법을 실행하고, 언제나 그것을 바라며, 그것만을 가르치리라. 칼링가를 정복하면서 나는 돌이킬 수 없는 양심의 가책을 느꼈다. 그들의 영토가 수많은 시체로 뒤덮인 처참한 광경을 바라보면서 나의 가슴은 온통 찢어지고 말았다. 무엇보다도 브라만 사제들, 브라만 수행자들 그리고 스승의 말에 복종하면서 올바르게 행동하고 가족과 친구와 친지들 그 밖의 모든 사람들에게 진심으로 대하던 민간인들까지 이유없이 죽거나 부상당해 고통받는 모습을 바라보던 나의 가슴에는 정말 온통 후회와 슬픔밖에 남지 않았다(…)칼링가가 정복되면서 살해당하고 부상당했던 사람들의 백분의 일, 아니 천분의 일만이 비슷한 고통을 겪는다 할지라도 나의 가슴은 무거운 슬픔으로 짓눌릴 것이다(…)앞으로 나는 오직 진리에 맞는 법만을 실천하고 가르칠 것이다(…)신들에게 헌신하는 나는 진리의 법에 의한 승리만이 최상의 승리라고 생각한다.

불교에 귀의한 아소카왕은 관용과 포용의 정신을 가진 불교에서 통치 원리를 찾는다. 불교를 받아들인 후에도 다른 종교에 대하여 열린 마음을 가짐으로써 관용을 절대적 의무로 강조한다. 그는 '참되고 유일한 정복이란 자아의 극복이며, 다르마(Dharma : 의무·진리·법·덕을 뜻함)로 인간의 마음을 정복하는 것이다'라고 말한다.

아소카가 생각하는 '다르마'란 공허한 기도나 공양이나 의식이 아니라 올바른 행실과 사회의 향상을 위해 힘쓰는 일이었으므로 온 나라에 공원·병원·우물·도로가 많이 건설된다. 그는 비하라[Vihara : 정사(精舍)]라고 일컬어지는 수도원을 나라 곳곳에 세운다.

하지만 이 수도원들은 얼마 뒤 교의와 사상의 참된 정신을 잃고 정해진 행사와 예배를 집행하는 장소에 지나지 않게 된다.

생명을 애호하는 아소카의 정신은 동물에까지 미치게 된다. 동물 병원이 세워지고, 동물을 제물로 바치는 것이 금지된다. 아소카가 본보기를 보여주고 불교가 널리 퍼지자 채식주의자가 성행한다. 그때까지만 해도 인도에서는 브라만이나 크샤트리아도 보통 육식을 하고 술도 마셨지만, 이때부터 음주와 육식을 하는 자가 크게 줄었다.

아소카왕은 한시도 정치를 게을리한 적이 없다.

> "짐이 언제 어느 곳에 있더라도, 식사 중이거나 후궁에 있거나 침실에 있거나 사실(私室)에 있거나 수레 위에 있거나 또는 정원을 거닐 때라도 대신들은 가리지 말고 언제나 백성에 대한 정무를 보고하라."

만약 어떤 긴급한 사태가 발생했을 때에는 '어떤 곳에서도' 즉시 보고해야 했다. 아소카왕의 말을 빌리면 그것은 '사회의 안녕을 위해 소임을 수행'해야 했기 때문이다. 아소카왕은 평화로운 방법으로 공익을 위해 힘쓰면서 38년 동안이나 나라를 다스리는데 힘입어 광대한 제국은 오랫동안 평화를 유지할 수 있었다. 현존하는 종교 중 가장 평화로운 종교라고 불리는 불교, 세상의 정의나 자비에 무관심한 종교는 더 이상 부처님의 종교가 아니리라.

이후 불교는 평화의 메시지로 전파되었고, 불교 교단을 보호하고 불탑을 세우는 등 불교 포교에 힘쓴다. 아소카왕의 불교 전파의 노력은 인도뿐 아니라 그 주변, 아시아와 멀리 유럽 대륙까지 포교에 힘써 불교가 인도를 넘어 세계 종교가 될 수 있는 기틀을 마련한다. 아소카왕의 참다운 사랑과 자비에 근거한 이상적인 정치는 이전의 인도 역사뿐만 아니라 이후의 역사에서도 거의 찾아보기 힘든 예이다.

> 모든 종파는 어떤 이유로든 존중받을 만하다. 인간은 이렇게 행동함으로써 자기가 속한 종파의 영예를 높이고, 또한 다른 종파에 공헌한다. (아소카 칙서의 한 구절)

아소카의 치적은 주로 그가 세운 비문을 통해서 엿볼 수 있다. 백성을 향한 칙령을 담은 그의 비문은 주로 돌기둥에 새겨져 있으며 인도 대륙뿐만 아니라 멀리 아프가니스탄에서도 발견된다. 비문에 나타난 아소카의 법은 종교적인 면뿐만 아니라 사회 제도 전반에 걸쳐 광범위하게 언급하고 있다. 각각의 비문은 백성들이 쉽게 알아볼 수 있도록 산스크리트어가 아닌 각 지방의 고유 토속어로 씌어져 있다. 아소카왕은 기원전 226년에 세상을 떠난다. J. 네루는 그의 저서 『세계사 편력』에서 '신들이 사랑한 아소카'라고 언급하고 있다.

부처님과 아소카왕이 실현하려 했던 불교 정신과 세상에 대한 평화의 메시지는 과연 무엇인가. 더불어 오늘날 지구상에서 곳곳에서 일어나고 있는 수많은 행태에 대해 곰곰이 생각해 보지 않을 수 없다. 과연 인간 세상에 진정한 평화는 가능하기나 한 것일까!

넷.
길路에서 길道을 보는 사람들

바로 맞은편 앞에 있는 다메크 탑(大法眼塔, 녹야원의 상징으로 '진리를 보는 탑'이라는 뜻을 지님)이 눈에 들어온다. 멀리서 바라보면 대형 망건 모양을 한 탑으로 그 직경이 약 28m, 높이가 약 33m다. 다메크 탑은 부처님께서 두 번째 설법하신 장소이기도 하다. 아소카왕(기원전 3세기 중엽)이 이곳에 처음 세웠을 때는 규모가 크지 않았지만, 굽타 왕조 때 현재의 거대한 모습으로 증축되었다.

저만큼 녹야원 입구로부터 긴 행렬이 다메크 탑을 향해 이어지고 있다. 실타래가 풀리듯 긴 띠를 형성하며 건너편 다메크 탑을 향해 나아가는 순례 행렬이 장관을 이룬다. 부처님의 발자취를 따라 그 행적과 가르침을 생각하면서 순정한 마음으로 행해지는 성지순례일 것이다. 앞쪽으로는 노란 승복을 입은 승려들이 걸었고, 뒤이어 회색 장삼과 평상복을 입은 신도들이 뒤를 따르며 다메크 탑을 향해서 나아간다. 아마도 불교의 4대 성지인 부처님이 탄생한 룸비니, 깨달음을 얻은 보드가야, 열반의 땅 쿠시나가르를 거쳐 이곳 녹야원에 당도했을지 모른다. 저렇듯 평화로운 순례 행렬을 감행하고 있는 사람들의 마음을 하나로 묶는 것은 무엇일까.

부처님이 갔던 길을 따라 성지순례를 하는 사람들, 그들 각자 다양한 사연을 품고 순례 행렬에 동참했으리라. 어떻게 살아가야 할

지, 어떻게 수행해야 할지 부단히 숙고하는 여정이기도 했으리라. 내 안의 욕망을 다스리고 또 다스리면서 참 나를 만나기 위한 부단한 발걸음이었을 것이다. 스스로 내면을 응시하면서 그 안에서 일어나는 마음의 변화를 잘 헤아려보는 수행자로서 깨달음의 시간이었을 것이다. 이런 순례 행렬은 부처님의 가르침과 더불어 도반(道伴, 함께 불도를 수행하는 벗)들 각자의 몫으로 남게 되리라.

부처님께서는 임종 직전, 아난다에게 마지막 가르침을 베푼다.

"아난다야, 그대는 나의 입멸을 한탄하거나 슬퍼해서는 안 된다. 죽음은 누구도 피할 수 없다. 아난다야, 그대 자신을 믿고 자신을 의지하되, 다른 것을 믿고 다른 것을 의지처로 삼지 말라. 법을 믿고 법을 의지처로 하되, 그 밖의 다른 것을 믿고 다른 것을 의지처로 삼지 말라."

아난다는 부처님의 사촌 동생으로 수많은 제자 가운데서도 특히 부처님을 성실히 섬겼으며, 부처님의 만년에는 사자로서 항상 부처님 곁에 있었다. 다만 많은 제자들이 성자의 경지에 이르렀는데도 아난다만은 어찌된 일인지 아직 깨달음을 얻지 못했다. 성자가 되면 기쁨이나 슬픔을 다 초월해 버리지만, 아난다는 그러지 못해 부처님과의 작별을 한탄하면서 슬퍼하고 있었다.[1]

부처님은 아난다를 향해, 미래에 선남선녀들이 찾아가 감동할 장소를 여래가 태어난 곳인 룸비니, 최고의 깨달음을 얻은 곳인 보드가야, 최초로 설법한 곳인 녹야원, 마지막으로 입적한 곳인 쿠시나가르 등 네 군데를 들었다. 이렇듯 부처님의 한평생 중 4대 사건이 일어난 장소를 순례하는 습관은 부처님이 입적한 뒤 재가신자(在家信者, 출가하지 않은 신자)들 사이에서 일어난 것이다. 그리고 이들 차이티아(탑, 팔리어로는 체티아)를 순례하다가 믿음을 품고 죽는 사람은 모두 천상계에 환생한다고 믿는다.

긴 행렬이 점차 줄어들더니, 다메크 탑 앞에 승려와 신도들이 대오를 갖춘 채 멈춰 서 있다. 순례 행렬을 위한 의식을 진행하려는 모양이다. 밝은 햇살 아래 무언가 설명을 듣고 있는 모습이 평화로운 정경으로 다가온다. 아무래도 다메크 탑에서의 의식이 꽤 오래 진행

---

1 부처님 입적 후 우안거(雨安居)에 라자그리하의 교외에서 마하가섭 등 5백 명의 아라한이 처음으로 성전 편찬 모임을 가졌을 때, 아난다는 그날 아침에야 비로소 아라한이 될 수 있었다.

될 모양이다.

　나에게는 종교 그 자체가 그다지 중요하지 않다. 다만 종교와 인간의 삶은 어떤 모습으로 존재해야 할까. 인간이 인간에게 숭고할 수 있는 이유는 무엇인가. 여행 내내 들었던 생각이 다시 일었다. 그들의 의식 속에 서로가 서로에게 위안이 되고 희망이 되는 메시지가 담기면 좋으리라. 이런 일련의 순례행진 또한 홀로 동떨어진 삶이 아닌 화합과 연대로 나아가는 길이기도 하리라. 전쟁, 질병, 기후 등 수많은 딜레마에 빠져있는 지구촌의 모습이다. 이 모든 행위가 세상의 평화와 희망을 향한 메시지로 거듭날 수 있으면 더없이 좋으리라.

나도 자리를 떨치고 일어나 승려와 신도들이 모여 있는 다메크 탑(大法眼塔)을 향해 걸었다. 탑이 가까워질수록 탑의 모습이 더욱 거대하고 육중하며 우람한 모습이 된다. 승려와 신도들이 모여 있는 뒤편으로 돌아 다메크 탑 앞에 섰다. 그런데 멀리에서 바라보던 투박한 탑의 외양과는 다르게 탑 외벽에는 부드럽게 말아 올린 연꽃 문양의 조각과 기하학적인 무늬가 탑 전체를 감싸듯 섬세하면서도 곱게 수놓아져 있다. 탑 외벽을 부드럽게 감싸고 올라가는 고운 무늬를 바라볼수록 평화와 기쁨이 눈앞에 전개되듯 감탄사가 절로 나온다. 탑 위를 올려다보니 하늘이 눈부시게 파랗다.

나의 이번 여행 역시 순례 여행의 한 일환일지 모른다. 비록 종교란 이름이 아닐지라도 나도 언젠가 날을 잡아 부처님의 발자취를 따라 순례하듯 여행을 해 보는 것도 괜찮으리라. 부처님이 깨달음을 얻었다는 보리수나무 그늘 아래 앉아 잠시 몸을 맡겨 보아도 좋으리라.

다섯.
게으름 없이 정진하라

인도를 여행하는 내내 마음이 편치 않았다. 인간의 삶과 그 주변을 둘러싼 복잡다단한 현실과 그런 흔적들, 유적지와 확연히 다른 유적지 주변의 모습 등이 불편한 진실처럼 흘러넘쳤기 때문이다. 여행 내내 몸에 미열이 감지되듯 주저하고 망설이고 머뭇거리며 혼란스러운 마음이었다. 그런데 녹야원 안으로 발을 디디는 순간, 청정한 빛이 감도는 녹야원 안 풍경이 그런 마음을 위무(慰撫, 위로하고

어루만져 달램)해 준다.

녹야원 경내를 거닐수록 호젓한 산사를 서성거리듯 몸과 마음이
홀가분해지고, 담장 밖 복잡한 세상사마저 가지런해진다. 아마도 온
통 힌두뿐인 복잡한 세상에서 유일한 도피처로 남은 불교 유적지가
내 안에 맑고 투명한 빛을 던져줘서 그랬는지 모른다. 어쩌면 폐사
지(廢寺址)를 연상시키는 녹야원의 풍경과 빛깔이 한국의 산사를 거
닐 때처럼 한갓진 마음으로 다가와서 그랬을지 모른다.

멈추어 서서 흔적으로만 남은 유적지를 바라보고 있으려니, 도
리어 제 모습을 갖추고 있는 유적에서 느낄 수 없는 또다른 충만감
과 상상력이 내 안을 가득 채운다. 문득 거추장스러운 것을 벗어던
진 호젓한 산사나 암자, 폐사지가 그리워지는 날이기도 하다.

"그럼 비구들이여, 너희들에게 할 말은 이렇다. 모든 현상은 변
천한다. 게으름 없이 정진하라."

이것이 부처님의 마지막 말씀이었다고 경전은 기록하고 있다.
'게으름 없이 정진하라'는 부처님의 마지막 말씀이 내 안에서 법륜을
굴리듯 되뇌어진다.

조금 전 내가 앉아 있었던 커다란 나무와 평화로운 녹야원 안으
로 밝고 넉넉한 햇살이 무한정 쏟아져 내리고 있었다.

나의 여행기는 조각보와 같다

깊은 밤 고향 마을의 울창한 대숲 고샅길을 걷는데, 가까운 곳에서도 먼발치에서도 소쩍새 울음소리가 들려온다. 소쩍새 울음소리는 밤의 전령사가 되어 도란도란 이야기를 실어 나른다. 옛이야기에 젖듯 늦은 4월의 서늘한 밤공기를 깊이 호흡하며, 적막한 동네 고샅길을 돌아 집으로 돌아왔다.

오늘은 어머님께서 고이 주무시는 더없이 평온한 밤이다. 소쩍새 울음소리에 화답이라도 하듯 형님의 대금 소리라도 들려올 듯하건만 더없이 고요하고 고즈넉한 밤이다. 구순(九旬)을 훌쩍 넘기신 어머님께서 잦아드는 목소리로 나를 찾으셨다. 그런 어머님을 뵈러 고향 집에 내려왔다.

산 아래 푸른 대숲으로 둘러싸인 시골집에 올 때면 나는 언제나 문간방에 거처한다. 문간방 마루로 올라서며 창문을 활짝 열었다. 방 안으로 들어와 네 활개를 펴고 방 한가운데 누웠다. 산으로 향하는 대문이 보이는 방이다. 서늘한 산 공기가 방 안으로 밀려들어 온다.

188

소쩍새 울음소리를 따라 깊어가는 밤, 소쩍새 울음소리는 밤하늘을 날아올라 '서역(西域) 삼만리(三萬里)' 더 저편 천축국(인도)을 향해 나아간다. 불현듯 지난 겨울 다녀온 천축국 여행길이 아름다운 풍경엽서가 되어 내 안으로 차곡차곡 내려앉는다. 내 안에 인화된 페이지가 한 장 한 장 넘어가고 있다는 표현이 맞을지 모른다.

델리에서 자이푸르, 자이푸르에서 아그라, 아그라에서 카주라호, 카주라호에서 바라나시, 바라나시에서 다시 델리로 향하는 북인도 여정을 이어갈수록 나의 여행기가 어머님께서 즐겨 만드신 아름다운 조각보를 닮아간다는 생각이 든다. 나의 여행기는 여러 단상과 일기가 하나씩 덧대어지고 합쳐져 어머님의 아름다운 조각보처럼 서로 맞물려 유기적으로 결합해 나갔다.

바느질 솜씨가 유난히 좋기로 인근에 소문난 나의 어머님께서 만드신 아름다운 조각보는 어디에 있을까. 그런 조각보 대신 자식의 여행기를 앉은뱅이 책상 위에 올려놓고 계실 구순(九旬)의 어머님 모습을 떠올려 보기도 한다.

어머님의 뒷모습

나의 첫 수필집『푸른 저녁의 노트』를 출간한 후, 고향에 내려와 어머님께 책을 전해드렸다. 어머님께서 내 책을 받으시더니,

"애썼다!" 하신다.

책을 연신 쓰다듬으시더니, 어머님 침상 머리에 책을 고이 놓으신다. 반년 남짓 지났을 무렵 시골집에 내려왔을 때, 어머님께서 침

상 머리 이불 속에서 푸른 빛깔의 나의 수필집을 꺼내시더니,

"다 읽었다!" 하신다.

전혀 예상치 못한 어머님의 회심의 말씀이시다.

"참 잘 썼다!" 하신다.

어머님 말씀에 집 주변을 에워싸고 있는 푸른 대밭이 얼마나 싱그럽게 넘실거리는지.

어머님이 건네주신 책을 펴들고,

"작은 글씨가 이렇듯 촘촘하게 많은데, 이걸 어떻게 다 읽으셨어요!"

"우리 어머님 참으로 대단하십니다!"

한때는 억새처럼 칼칼한 여장부이기도 하셨던 어머님을 내 품에 꼭 안아 드렸다.

어머님이 내민 책을 받아 한 장 한 장 책장을 넘기는데, 어머님께서 얼마나 열심히 읽으셨는지 책 귀마다 접히지 않은 곳이 없다. 떠듬떠듬 책장을 넘기실 때마다 어머님의 침이 마르실 수가 없었던 모양이다. 페이지마다 읽으신 흔적들로 가득하다. 어머님께서 자식의 책을 세상에서 가장 소중한 책으로 만들어 주셨다. 지극정성으로 읽으신 책장마다 어머님의 흔적들이 살아나 내 가슴은 성난 두꺼비처럼 불룩거렸다.

1927년생인 나의 어머님은 초등학교를 다니지 못하셨다. 그런 어머님께서 세상에서 가장 소중한 나의 독자가 되셨고, 나는 그런 어머님의 자랑스러운 아들이 되었다. 지금도 그런 어머님을 생각할

때면 눈가에 물기가 번져 푸른 하늘을 자꾸만 올려다보게 된다. 건강을 잘 회복하고 계셨던 어머님께서는 퇴원을 목전에 두고 홀연 이승을 하직하셨다. 지난해 10월의 마지막 날이다. 나는 지상에서 가장 귀하고도 소중한 그러면서도 자랑스러운 독자 한 분을 잃었다. 그런 연유로 이번에 발간된 나의 여행기를 어머님 품에 안겨드린다는 약속을 지킬 수 없게 되었다.

병원 담벼락을 빙 둘러싸고 있는 나무들이 한창 울긋불긋 물들어가고 있을 무렵, 나는 병원 담벼락을 따라 어머님의 휠체어를 밀면서 단풍으로 물든 나무 아래를 걸었다. 어머님께 다음에 출판될 책에 대해 말씀을 드리며, 어머님 손가락에 나의 손가락을 걸고 맹세하였다. 병원 뒤편 마당으로 나오면 담장 너머로 황금빛 들녘이 바라보인다. 황금빛 들녘이 가장 잘 보이는 곳에서 걸음을 멈췄다. 어머님 시선이 담장 밖으로 펼쳐진 황금빛 들녘으로 향하고 있다.

오후로 가는 바람이 불어오고, 들녘 한 부분을 장식하고 있는 한 무리의 억새가 은빛 물결을 이루며 한들거린다. 한때는 억세고 날카로웠을 억새가 부드러운 은빛 손길이 되어 오후의 햇살을 받아 반짝이며 넘실거린다. 바람이 들판을 지나 어머님의 은빛 고운 머릿결을 흔들고 지나간다. 어머님의 고운 머릿결이 은빛 물결을 이루는 억새 꽃을 많이도 닮았다.

나도 어머님의 휠체어 뒤편에 서서 넋을 놓은 채, 담장 너머 들판을 물들이는 은빛 억새꽃의 향연을 바라보았다. 그런 어머님의 뒷모습이 내 안에 오롯이 남아 있다. 어머님께서 소천하시기 며칠 전 나와 산책하실 때의 모습이다.

어머님께서 이승을 하직하시기 전, 마지막 두어 달은 내가 어머님 곁을 지켰다. 나는 수시로 어머님과 농담을 주고받으며 아양을 떨었고, 어머님께서는 초연한 듯 천진한 모습으로 유머 감각을 잃지 않으셨다. 그런 나는 자식으로서 소중한 특권을 톡톡히 누린 셈이다. 어머님께서는 돌아가시기 바로 전 세면을 하신 후, 거울을 보며 곱게 화장을 하셨다. 당신의 소중한 손가방에서 작은 거울과 빗을 꺼내 은빛 고운 머리카락을 빗어 넘기며 정성껏 손질하신다. 어머님께서는 여인으로서의 모습도 결코 잊으신 적이 없으신 분이다.

이제 세상 어디에도 나의 아양을 받아줄 사람이 없다. 형제자매 모두가 인정하듯 어머님과 막내아들인 나와는 참으로 죽이 잘 맞았다. 여행기를 마무리하는 내내 지상에서 마지막을 함께 한 어머님의 체취가 진하게 느껴졌다. 오래된 호롱불을 밝히듯 아들의 여행기를 펴놓고 계실 어머님의 모습을 떠올리며 수시로 서재를 서성거렸다. 이제 어머님께서 아들의 여행기를 펴 놓고 읽으시는 모습을 영영 볼 수가 없게 되었다.

아! 나의 어머님이시여!

무명작가의 새벽을 깨우는 소리

어머님과 더불어 귀중하고도 소중한 독자 한 분을 더 생각하게 된다. 홀연 서울 생활을 접고 귀향하여 십여 년 이상 부모님을 극진히 모신 효자 둘째 형님이시다. 커다란 고향 마을의 버젓한 이장이 되셨으니, 늦은 나이에 관운(官運)이 터지신 분이다. 형님께 나의 산문집 『푸른 저녁의 노트』를 드리던 날 밤, 형님의 방에는 밤새 불이 켜져 있었다. 괜찮은 책 한 권을 손에 잡으시면 혼곤하게 빠지는 분이다. 나는 문간방에서 책을 보다 새벽 무렵이 되어서야 설핏 잠이 들었다.

어느 순간 마당에서 누군가에게 건네는 형님의 말소리가 들려온다.

"내 동생이 이렇게 글을 잘 쓰는지 몰랐네요!"

책을 받고 나에게는 어떤 말도 건네지 않으신 형님이다. 그런 형님의 소리가 꿈길을 밟듯 들려온다. 그 소리에 눈이 절로 떠져 방안을 둘러보니, 이미 날이 환하게 밝았다. 둘째 형님께 내가 쓴 책 뭉치 하나를 드렸는데, 그중 한 권을 꺼내서 건네며 하는 말이다. 대화 상대는 여러 해 전에 우리 시골집 울타리와 접한 곳에 좋은 2층 집을 짓고 이주한 미혼의 모지방국립대학 여교수이시다. 친자식 못지않게 어머님을 지극정성으로 챙겨주어 항상 고맙게 생각하는 분이다. 이른 아침 어머님께 무언가를 드리려고 우리 집을 방문한 모양이다.

소탈하면서도 시골스러운 모습이 제격인 둘째 형님은 누구나 격의 없이 한결같은 모습으로 대한다. 한때는 최고의 학벌에 대한민국 금융의 메카인 명동의 빌딩 숲을 드나들었던 분이다. 형님은 냉혹한 자본주의 풍경이 넘쳐나는 서울을 버리고 굵직한 대금과 붓 몇 자루를 챙겨 들고 홀연 고향 마을에 정착하셨다.

지금은 지독한 농사꾼이 되어 어머님이 밟고 다니셨던 밭고랑마다 형님의 발걸음이 이어진다. 곳곳에 남아 있는 어머님의 흔적과 발자취, 형님은 부모님과 고향의 마음을 고스란히 품은 채, 고향의 든든한 버팀목이 된 고마운 분이다.

바쁜 시골살이에도 주경야독하듯 부단히 서예에도 매진하신다. 여름방학이 되면 임피중학교까지 출타하셔서 교사들을 위한 서각(書刻) 연수를 담당하기도 하였다. 틈틈이 몸에 지니고 다니는 대금을 꺼내 유장한 음악이 흐르는 고향 마을의 풍경을 연출하기도 한다. 그런 형님의 목소리가 이른 아침 시골 마당에서 들려오니 참으로 고무될 수밖에. 내 귓전에서 맴도는 그 소리가 용기가 되고 희망이 되어 무명작가의 새벽을 깨우는 울림으로 들려온다. 무명작가가 첫 책을 내고 느끼는 설렘이 그러할 것이다.

이런 귀한 어머님과 둘째 형님 같은 소중한 독자가 있어 여행 산문집을 쓸 수 있는 원동력이 되었다. 귀한 독자가 된 고마운 친구들과 제자들, 선후배 지인들과 주변 사람들 그리고 먼발치에서 날아온 독서인들의 격려의 말이 내 안에 환하게 살아있다. 기회가 되면 그런 분들에 대한 소소한 마음도 피력해 볼 생각이다.

청야의『갠지스의 푸른 안개』출간에 이어 중국 강남 지역과 관련된 여행 산문집을 출간할 예정이다. 이 역시 어머님께 드린 약속이다. 그런 연후에 나만의 산문집을 펴낼 때, 그 안에 어머님 이야기와 더불어 병상기 한 묶음을 고이 장만해 놓을 생각이다. 바로 옆에 고향 마을의 든든한 버팀목인 둘째 형님의 사랑 이야기 역시 가지런히 놓일 것이다.

이제 어머님의 모습은 고향 마을의 푸른 대숲으로, 은빛 고운 억새꽃으로 남아 내 생에서 반짝이며 넘실거릴 것이다.

어머님 영전에 삼가 책을 올리며 깊이 머리를 숙입니다.

청야의 북인도 여행

갠지스의 푸른 안개

초판 1쇄 발행일 | 2022년 12월 20일

지은이 | 소재식
펴낸이 | 노정자
펴낸곳 | 도서출판 고요아침
편   집 | 김남규

출판 등록 2002년 8월 1일 제 1-3094호
03678 서울시 서대문구 증가로 29길 12-27 102호
전화 | 302-3194~5
팩스 | 302-3198
E-mail | goyoachim@hanmail.net
홈페이지 | www.goyoachim.com

ISBN 979-11-6724-111-2(03810)